與鳳行

LEGEND SHENLI

中卷

九鷺非香 著

「王爺醉了，
神，哪兒來的感情呢？

與鳳行

目錄

第九章

揍他，打死了算我的

當天晚上，沈璃的身子燙得越發厲害，眼睛都有些睜不開了。肉丫給她餵了水，搭了毛巾都不管用，心裡不由得著急起來，伺候了沈璃這麼久，從來沒遇到過這種情況，即便是受了重傷，沈璃的意識也都是清醒的，肉丫無措之下便想到——此時王府裡還有兩個仙人住著呢。

只是這大半夜的，請神君來有些不妥，拂容君既與沈璃有婚約，叫他過來也無妨。肉丫琢磨著便急急忙忙地跑去拂容君的院子，可敲了許久的門也未見他出來，肉丫慌得不行，這才去找了行止。

待行止趕去，沈璃的臉頰已是通紅一片。他肅容，坐在沈璃床邊，伸手把脈，卻奇怪地皺了眉頭。

「神君，我家王爺到底怎麼了？」

「並無異樣，只是單純地發燒了。」行止鬆開手，問：「府裡有藥草嗎？」

肉丫搖頭：「王爺從不生病的，魔界的人也很少生病，以前魔界常見草木時外面還有得賣，瘴氣濃了後，就沒什麼藥草了。」
行止沉吟，隨即將手掌貼在沈璃的額頭上，白色的光芒在他掌心閃現，燒得迷迷糊糊的沈璃好似覺得舒服了一些，無意識地在他掌心蹭了蹭。行止目光不自覺地一柔，手掌未動，小拇指卻悄悄摸到她髮際線處，把她散亂的幾根髮絲往後捋了捋。
肉丫緊緊地盯了一會兒，發現沈璃的呼吸漸漸變得平穩，確實好受許多，一顆懸著的心這才放了下來，緊接著心裡難免起了點抱怨。「神君給我家王爺指了個什麼樣的姑爺啊，」她噘嘴道：「還沒成親就已經夜不歸宿了，也不來打個招呼。今日若是神君不在，王爺的病情耽擱了又該怎麼辦。」
行止沒有說話，只是將放在沈璃額頭上的手掌悄悄地挪到她的臉頰上，指腹輕輕摩挲著她還在微微發燙的臉頰，一言未發。
「昨天便惹事損了王爺聲譽，今天早上拿了塊玉佩說去找墨方將軍，哼，誰知道他是不是去找墨方將軍呢！」肉丫對拂容君本就極為不滿，但之前主子不在不敢得罪他，現在有人撐腰，她便將心頭的怒氣與擔憂一併抱怨出來，「這還是在魔界，待以後王爺嫁去了天界，舉目無親，她還得受多少委屈？王爺脾氣強，日後若是受了委屈，必定也不會告知魔君，那時候……」肉丫越想越嚴重，眼眶一紅，竟是快哭出來：「那時候，誰還會為她心疼。」

「是啊。」行止無意識地呢喃出聲：「誰還會心疼。」

然而這句話便像是一顆無意劃過皮膚的尖銳石子，擦疼了他的臉頰，讓他不由得微微垂下了眼眸，凝視著沈璃的睡顏。他的指腹滑過沈璃的臉頰、眉眼、鼻梁，挨個摸了一遍，他才收回了手。

「已經沒有大礙了。」他讓指腹離開光滑的皮膚，在床榻邊又沉默了許久才站起身來。

肉丫害怕沈璃病情反覆，一雙眼睛緊張地盯著他：「神君去哪兒？」

「不走遠。」他道：「若有事再到院子裡找我便是。」言罷，他頭也沒回地離開了沈璃的屋子。

肉丫看了看沈璃，又看了看行止，紅著眼眶嘟囔：「怎麼這樣啊，王爺還沒醒呢，連多待一會兒也不行嗎？天界的神仙真是冷心薄情。」

冷心薄情嗎……

行止站在院子裡看著自己的指腹，他似乎能感受到尚殘留在指腹上沈璃的體溫，那般灼熱，像要一路燒進心裡一樣。白色的光芒再次在掌心亮起，只是這次，行止不知自己要驅散的熱度到底在哪裡，這種像被燙傷了一樣的感覺，到底是從哪裡發出來的。

他不知道……

肉丫將帕子擰了，細心地搭在沈璃額頭上，自言自語地嘀咕著：「王爺啊，以後要是妳真的嫁到天界去了，妳也別對那些個神仙上心啊，妳看，一個這樣，兩個也這樣。都不是好人。」

沈璃的眼皮微微動了動：「本王知道。」

沙啞至極的聲音從她嘴裡吐出，肉丫嚇了一跳，而後驚喜道：「王爺醒了？還有哪裡不舒服嗎？」

沈璃慢慢睜開眼，沒有看肉丫，只是無意識地重複著：「我知道。」

神仙本就心性寡涼。

清晨醒來的時候，沈璃覺得神清氣爽多了，身體裡有一股力量在充實著她的血脈，讓她感覺身體比平日輕盈許多，她這才意識到，昨天和前天的不適，或許只是因為身體在適應那顆碧海蒼珠。魔君也在她服食珠子後交代過，雖然本是她的東西，但離開她的身體也有千年的時間，突然回歸，造成不適也是應該的。

沈璃將五指一握，從床上翻身坐起，揚聲道：「肉丫，拿本王的鎧甲來！今日我要去營裡練兵！」沈璃的鎧甲是不常穿的，她常對付的那些妖獸，就防禦的角度來說，穿鎧甲與不穿鎧甲都差不多，這些精鋼或許還沒她的肉來得皮實。但去營地練兵卻不一樣，在那裡，她是將軍，不是戰士。

待收拾好了，沈璃走過前廳，看見行止正從他那院裡出來，兩個人打了個照面，行止難得面上表露出了微怔的神色，他上下打量了她一眼：「王爺這是要去何處？」

「練兵。」沈璃簡潔一答，也不再多說，抱拳俯首，「神君今日盡可在魔界隨意遊玩，但凡有收取銀錢處，報碧蒼王府的名號便可。沈璃先告辭了。」言罷，她沒有半分猶豫，扭頭就走。行止獨自留在前廳，望著她的背影瞇眼沉思。

兵營在城外。沈璃燒了一晚上，壓根就忘了拂容君來找墨方一事，是以走進軍營時，看見墨方一臉鐵青地向她走來還有些怔然，但見他背後追得氣喘吁吁的拂容君，沈璃恍然了悟，然後一聲嘆息。

拂容君在墨方身後喚著：「哎，玉佩啊，本君還你，你怎麼不要啊！昨日扯斷了繩子是我不對，我不是給你擰了根繩子穿好了嘛！你這人身為將軍，怎還如此小氣？」墨方黑著臉不理他，待走到這邊看見沈璃，腳步微微一頓，終還是上前來，拱手一行禮。而他背後的拂容君則在看見沈璃後，面色一僵，下意識地往後退了退。

墨方許是心中帶著羞惱和火氣，沒與沈璃說一句話，轉身便往營地裡走。

沈璃拽住他，輕聲道：「慢著。」墨方一愣，目光落在沈璃抓住他手腕的手上。心中情緒湧動，但最終所有的情緒都只化作眼裡一道暗光，轉瞬即逝。

沈璃只拽了他一下，便立即放了手，悄聲對墨方道：「他……確實是有給你造成麻煩？」

「是。」即便是墨方，也忍不住嘆息著揉了揉額頭。

「不想理他？」

「王上。」墨方正色道：「墨方此生，從未如此厭惡一人。奈何……」

他咬牙。「又不能痛揍一頓。」

沈璃點頭：「回營吧，這裡交給我。」墨方一愣，眼看沈璃向拂容君走去，他雖很想去打探，但最終還是本能地遵從沈璃的命令，默默回營。而進入營地前一刻，他好似看見有個白色身影慢慢向沈璃那邊走去，而沈璃背對著那人，什麼也沒察覺。

一名老將軍適時上前來拽墨方：「你小子還偷懶呢！」墨方唯有隨老將軍進了軍營。

沈璃站在拂容君跟前，上下打量了他一眼，拂容君強壓著顫抖的聲音問：「有何貴幹？」

沈璃道：「直說吧。我的屬下不似仙君這般閒，他沒時間，也由不得仙君肆意捉弄。」

拂容君不服氣地一揚眉：「妳憑什麼覺得我是在捉弄他？」

「那你在做什麼？」

「本君欣賞妳魔界的將軍，想與他交個朋友，怎麼？不行？」

「不行。」沈璃斬釘截鐵道：「我魔界將士，是用來上戰場殺敵除害的。不是拿來與爾等閒人交朋友的，且墨方他不願交你這個朋友，所以你的所作所為對他來說是打擾、禍害，令人不悅！我碧蒼王是護短的，你要令墨方不悅，我便要令你不悅。怎麼，拂容君昨日與墨方過了招之後，今日是想來試試本王的槍法？」

拂容君被沈璃唬得一震，隨即抖著聲音道：「這是墨方的事，與妳何干！」

沈璃心下覺得此人甚是麻煩，眉毛一挑繼續挑釁道：「喔？你不知道嗎？墨方可是本王的人。」

拂容君臉色一青，只覺這碧蒼王真是欺人太甚，但是無奈確實打不過她……

沈璃輕蔑地看了他一眼，心道，這傢伙這麼怕她，以後定是不敢去找墨方麻煩了。回頭再想辦法欺負他幾次，待他受不了自會回天界去，彼時行止也走了，正好樂得輕鬆……

沈璃一轉頭，恰好看到三步開外的白衣男子，她微微一愣。

行止……

他起初一臉冰冷，與沈璃目光相對後，唇角愣是慢慢磨出了一個笑來。沈璃也收斂了臉上所有情緒，淡淡問：「神君為何在此？」

「王爺不是讓我隨意逛嘛，我恰好想看看魔界的軍營，便來了。」他唇角笑的弧度更大，但眼眸中卻是連沈璃也能感覺到的寒涼，「只是方才不小心聽到王爺的話，心裡卻奇怪，為何與我在邊境軍營中聽到的不一樣呢？行止記得，王爺當時可是狠狠地拒絕了墨方將軍啊。」

來找碴的。沈璃在心裡給他這段話做了如是總結。

拂容君一聽此言，微微一愣：「被……被拒絕？」他如今覺得墨方是個不錯的人，而沈璃是個除了武力強點，別的地方都不怎麼樣的女人，這樣不怎麼樣的女人居然拒絕了他覺得還不錯的人？

荒唐！

拂容君怒視沈璃：「妳不是說墨方是妳的人嘛！可妳明明都把人拒絕了！」

沈璃目光一轉，也不為行止戳穿自己而生氣，對拂容君不屑道：「那又怎樣，我還是護著他，還是要揍讓他不開心的人。你若覺得自己有本事就來與我搶，儘管與我來戰。」言罷，她轉身往軍營走去，一眼也沒看行止。

脣微微抿緊，行止盯著她的背影，眼神微涼。

沈璃走進軍營，因為被壞了事，心中帶著些許不甘的火氣。但見周圍將士熟悉的面孔，她暫時將那些不快都甩在腦後，一一回了來行禮的將士。其中才回王都的尚北將軍看見她，更是忙上前來，微帶抱怨：「王爺離開也不與我說聲，害末將一通好找啊！」

沈璃一笑，拍了下他的手臂。「是本王的不是，回頭你挑一家酒館，本王做東，任你喝到盡興！」

旁邊立馬有將軍道：

「王爺可不能厚此薄彼。」

「哎，這話我可聽見了，王爺，見者有份啊！」

「成，都請了！」沈璃看見練兵臺，想起今日來軍營的目的，揚聲道：「本王今日興致好，讓將士都來與我練練，過得了十招的，一併與將軍們吃酒去！」

能與碧蒼王過招，輸了也是榮耀。一時間兵營中熱鬧起來，將軍們將手下的精英都喚來，令其與沈璃過招。每一個人沈璃都不放水，能用一招打倒的，絕不讓其撐到第二招。一個時辰下來，上臺者已有數十人，卻沒一人能過三招。

沈璃額上熱汗淋漓，但眼睛卻越發閃亮，眼下這個人是唯一一個在她手裡過了五招的人，她誇道：「有潛力。」言罷，身形一動，繞至那人身後，那人反應也不慢，側身要躲，哪承想沈璃卻是伸腳一掃，攻他下盤，再將他肩膀一擒，按在青石板搭的練兵臺上。那人忙認了輸，沈璃鬆開他，指點了幾句他的缺點，讓他下場。

「下一個來戰！」

忽地一陣清風拂過。沈璃一轉眼，白衣披髮的男子靜靜地站在練兵臺的另一側，笑道：「行止請戰。」

臺下一片譁然，竟沒人注意到行止神君是什麼時候到軍營之中的，更沒有人看見他是如何上臺的。沈璃面色微微一冷，一把抹去臉上的汗水，盯住行止：「神君這是何意？」

「行止獨自在天外天待得久了，許久不見如此熱鬧的場景，便想來湊湊熱鬧，王爺可是不肯與我比試？」

「神君尊體，沈璃不敢冒犯……」話未說完，行止身形一閃，落在沈璃身後，伸手一擒，抓住沈璃的肩頭，欲將她制住。這手法竟是方才沈璃與那將士過招時用的。

沈璃側身一讓，肩頭一震，以法力彈開行止的手，轉身揮拳便往行止臉上招呼。但眼瞧著快揍上他的臉頰，沒等行止自行躲開，沈璃自己動作便是一頓，讓行止抓住機會，一手擒住她的手腕，往身後一擰，沈璃再次被制住。

「王爺可是怕傷了我？」行止語帶笑意。

沈璃心頭一惱，腰一彎，順著行止的力道，一個空翻解了困。另一隻手還在空中抓住了行止的肩頭，待她腳一落地，只聽她大喝一聲，一個摔肩便將行止扔了出去。可待行止被扔出之時，沈璃只覺掌心一空，他人已不見，「噠」的一聲腳步輕響，沈璃猛地一回頭，與此同時，手肘毫不猶豫地擊中行止的腹部，但卻如打到棉花裡一樣，力道盡數被散開。

這樣的打鬥就像是她平時與行止的對話，每一句攻擊性的語言，皆被他從有化無，分散而去，從來沒有一次讓她打到實地。

如此一想，沈璃心頭更覺憋屈，動作更是急躁，但她越急，越是拿行止沒有辦法。

沈璃氣惱之時，卻在恍然之間想到，為什麼這人說要與她鬥，她就必須與他鬥？他將她玩弄在掌心，憑什麼她就不能自己躍出他的手掌？她攻擊的動作一頓，行止也跟著停了下來。

沈璃這才發現，原來，除了最開始那一招是行止主動攻來，後面的他一直都在防禦，像逗著她玩一樣，從頭到尾都是她自己唱的獨角戲。

其時，她正與行止面對面站著，距離極近，她一隻手停在行止頸項處，手腕正巧被行止握住。她仰頭看著行止，見行止對她笑道：「王爺，十招早已經過了。」

沈璃一用力，掙開行止的手，退開兩步道：「神君到底意欲何為？」

「先前聽王爺說與妳過了十招便可討得酒喝，行止不愛喝酒，所以想向王爺討個別的東西。」

沈璃臉色冰冷，但礙於場合還是好聲道：「神君今日既然贏了沈璃，有何想要的，但說無妨。」

「我欲問王爺幾個問題。」行止掃了一眼臺下眾將士，待看見外圈站著的墨方與另一邊的拂容君時，脣角弧度一揚，「第一，欲問王爺，尚北將軍是妳何人？」

被點名的尚北將軍一愣，周遭將士皆用懷疑的目光打量他，尚北將軍急得一頭大汗：「神君怎的如此問話啊！末將可是有家室的人！」沈璃眉頭一皺：「只是同僚。」

「你可會護著他？」

「他是我魔界將領，我自然得護著他。」

「喔，那王爺可會護得讓他連交別的朋友的權利都沒有？」

「自然不會。」

行止一笑：「這位將軍又是王爺何人？」他指著另一名年輕將軍問。

「亦是同僚。」

「王爺可會因為護著他而不讓他交友？」

「自然不會。」

「那麼，墨方將軍呢？」行止直勾勾地盯著沈璃，像是個收網的獵手，讓沈璃恨得牙癢癢，卻也無可奈何。迎著眾將士的目光，她眼角餘光瞥見了外圈的墨方，又瞧見了另一邊忽然目放亮光的拂容君。

這行止君今天是想將她的話拆個徹底啊！墨方先前向她表白了心意，當時她既明確拒絕了，便不該在任何場合讓墨方心抱希望。同拂容君私下說的話也只是為了嚇嚇他，讓他知難而退。而現在……她今天既是為了幫墨方才撒了這個謊，自然不能因要圓一個謊又害墨方錯抱希望。且今天將士們皆在此，若讓他們誤會她待墨方有所不同，回頭又讓她怎麼解釋……

「自然不會。」她淡淡說出這話，換得行止滿意地勾了脣角。

「還望王爺記得此話。」

下面的將士都為這莫名其妙的幾個問題撓起了頭，不知道行止到底打的什麼啞謎，唯有拂容君一人扠腰笑了起來。此時此刻，即便沈璃再三告訴自己要對這些事置之不理，但仍舊忍不住微微捏緊了拳頭。

「行止神君果然是好樣的！」

「今日比試到此為止。」她冷冷地瞥了行止一眼，轉身下臺，走到了墨方身邊，冷著臉交代他道：「日後若那拂容君再纏著你，揍。打死了算我的。」

墨方一愣，小聲問：「王爺可是……沒幫到我？」

沈璃臉色又是一黑，瞪了他一眼，墨方立時噤聲。其時，周遭的將軍皆拋開了方才的疑惑，圍上前來，讓沈璃請他們去吃酒。待沈璃被將軍們拖走，墨方站在原處定定地望著她與將軍們說話的背影，唇角不自覺地一動，頷首道：「謝王上心意。」

忽然冷風一颳，墨方方覺脊梁寒了一瞬，還沒找到寒意是從哪方傳來，便聽有人喊他。

「墨方。」人群中的沈璃突然回過頭來衝著他招手，「走啊。」

墨方一愣，搖頭道：「我留守軍營便好。」

「把他扛走。」沈璃下令，轉身繼續往前。兩個將軍扛著墨方，一行人熱熱鬧鬧地離開了軍營，將士們留下來接著做日常的練習。

拂容君跑上練兵臺，雖不敢造次，但還是難掩喜悅地對行止鞠躬道：「多謝神君幫我！」

「我不是想幫你。」行止瞥了拂容君一眼，「只是……想逗人玩玩。」

但……玩出的結果明明和他預想的一樣，可為什麼沒讓他開心起來呢？

他想看見的，不是那樣淡然相對的沈璃……

拂容君一抬頭，看見行止沒有笑意的臉，想說：神君，你這可不像是玩了別人的樣子……但話到嘴邊，拂容君還是識趣地嚥了下去，轉而道：「如此，拂容便告辭啦。」說著便要向沈璃離去的那個方向追去。

不料步子還未邁開，便聽行止淡淡道：「你在這裡，似乎也太放肆了些。」

拂容君渾身皮一緊，僵硬地轉頭望行止，卻見他臉上又勾出了抹淡淡的微笑。「自然，行止不會責備皇孫什麼。」拂容君心裡暗暗鬆了口氣。「我昨日已折紙鶴送信去了天界，一切交給天君定奪。」

行止轉身離開，獨留拂容君一人站在練兵臺上，一頭冷汗如雨下。他好像……聽見了天君拍案怒喝的聲音……

晚上，沈璃與將軍們喝到深夜才回。

墨方將微醺的沈璃送回王府。告別了他，沈璃推門進屋，繞過大門前的影壁，卻見行止隨意披了件衣裳站在前院，他目光微涼，定定地望著她。四目相對，沈璃一句話也沒對他說，扭頭便要去找肉丫。

「王爺也是要嫁去天界的人，如此與男子一同晚歸。這可不好。」

沈璃腳步一頓，院裡燈籠打在她臉上的光讓她的五官更為立體，而她眼眸中卻沒有光亮照進去。「喔？不好？那神君說說，如何叫好？」沈璃一頓，冷笑，「看著與自己締結婚姻的人，去糾纏自己的下屬，這便是神君的『好』？」

鮮少聽見沈璃用如此語氣與人說話，行止眉頭一皺：「妳喝醉了。」

「可清醒著呢。」沈璃眼眸中藏著三分森冷，三分惱怒，還有更多不明的情緒，她冷笑道：「若要論哪樣是好，沈璃今日騙得拂容君相信我的話，那才是好。打消他的心思，幫了我的下屬，也免得以後拂容君把事情鬧大後我的臉上無光。而今日行止君卻做了什麼？哈！好啊！」沈璃一聲笑。「終於逼得沈璃認輸了，您可滿意？只是行止君約莫不知道吧，您的那些舉動看在沈璃眼裡，簡直就像一個吃了醋的凡人在想盡辦法證明些什麼，怎麼？神君這可是看上沈璃了？」

行止沉默，移開目光，側頭一笑：「王爺醉了，神，哪兒來的感情呢？」

上古神，無欲無求，哪裡會去喜歡別人呢？沈璃早該知道的。

「既然如此，」沈璃轉身往自己屋裡走去，只在夜風中留下冰冷的話，「日後沈璃無論護何人，做何事，還望行止神君休要多語。放沈璃一條生路吧。」

涼風過，撩起行止的髮絲。他仰頭，望著魔界灰濛濛的天空，許久之後才自言自語道：「好吧，我盡量。」

翌日。

一大早，魔宮中便來人將沈璃叫了去。

魔宮議事殿中，魔君坐在上座，墨方在一旁立著，還有幾位將士站在另一邊。見沈璃入殿，魔君揮手讓幾名將士退下，開口便道：「昨晚，拂容君跑到人界去了。」

沈璃一怔，那邊墨方倏地垂頭跪下，聲音微沉：「都是墨方的錯。墨方願承擔全部責任，將拂容仙君找回來，再接受任何懲罰。」

「怎麼突然……」沈璃望著墨方，還有點沒反應過來，愣愣道：「你打他了？」沈璃只是隨口一問，不料墨方還真點了點頭，沉重道：「昨日喝得有些多了。」他似頭疼似無奈地捏了捏眉心：「一個沒注意就……踹了他……」

看來他是嫌棄拂容君到了極點。

沈璃看墨方一身輕甲衣未換，想來是昨天就一直穿著，沒有脫下來，他腳上那雙魔族特製的黑鐵精鋼靴堪稱能應付得了所有惡劣環境，且極具攻擊力。

沈璃腦子裡閃過拂容君那一心交友的模樣，嬌生慣養的仙君，好不容易遇到了一個值得自己敬仰的人，結果卻被那般嫌棄……沈璃頓覺墨方這一腳，應當是給了他一個不小的心理打擊。

「揍了便揍了。」沈璃輕蔑道：「他還小嗎？挨了打就跑，以為能威脅誰呢？而且人界也沒什麼妖魔鬼怪的，害不死他，隨他去。」

「不行。」魔君遞給沈璃一張明黃的宣紙，「天君昨夜加急傳來的旨意，著拂容君三日之內必回天界。」

沈璃一怔，想起她前天交給行止的那封酒娘的信，心裡對這突如其來的旨意大概有個底了。那人雖然看起來一副沒放在心上的模樣，但事情卻辦得這麼快，天君的旨意來得如此急，必定是他還在信中說了些別的吧。

沈璃垂下眼，一時不知心裡是何種滋味。

「所以，三日之內必須將拂容君帶回來。」魔君淡淡道：「不過好在人界的時間過得慢，還有不少時間去尋。」

沈璃點頭，看了眼垂頭認錯的墨方，又看了眼魔君：「所以，這是要我去尋？」

「君上！這皆是墨方惹出來的禍事，不該連累王爺。」魔君一擺手，打斷墨方的話：「在人界的時間還長著，此一行，目的並非是將拂容君多快地帶回來，而是讓你們年輕人正好多瞭解一下彼此。璃兒，妳可明白？」

明白。這門婚事是躲不掉了，所以便要她對拂容君上上心，順帶也勾引得拂容君對她上上心。沈璃點頭：「我回去收拾收拾便出發去人界。」

墨方見狀，本還欲阻攔，但方才魔君的話猶在耳邊迴響，就像有魚刺噎住了他的喉嚨，刺痛得讓他什麼也無法說出來。魔君繼續交代道：「至於墨方將軍，對拂容君動手，以下犯上的事仍舊要予以處罰……」

「別罰了。」沈璃道：「是我讓他揍的，要罰算我頭上，待我帶拂容君回來之後，自會來魔君面前領罰。」言罷，沈璃向魔君行了個禮，轉身便出了議事殿。

墨方跪在地上，默默握緊了拳頭。

沈璃離開王府的時候只知會了肉丫一聲，一眼都沒看行止住的別院。

她想，反正他們現在也沒什麼關係了。

與鳳行

第十章 回人界

再到人界時晴日正好，天空碧藍，微風徐徐，沈璃踏白雲落在京城中一個小角落。呼吸著久違的乾淨空氣，沈璃不由得伸展了一下腰身，深吸一口氣，瞇起了眼，忽然很想找個有葡萄架的陰涼處睡一覺，她想，如果還有吱呀作響的搖椅在耳邊催眠那就再好不過了。

呼出一口長氣，沈璃睜開雙眼看著陌生的小巷，輕輕一笑。

想什麼呢，那都是過去了。

出魔界之時，士兵告訴她拂容君是向著揚州方向去的。可沈璃沒管，駕了雲便先來了京城這邊，找拂容君之前，她得自己玩個夠。這次沒了追兵在後，沈璃要悠閒許多，她特意逛了集市。在小攤面前穿著一身綢緞昂首走過，竟讓她有一種一雪前恥的感覺。

逛過集市，沈璃憑著記憶找到了當年行雲住的那個小院。

此時的人界距離她上次來的時候，已過了數十年的時間，有些街道小巷的模樣都已經改變了，行雲那座被燒得焦黑的宅院也已經重新修了起來。只是樣子已與之前大不相同。她在門口站了一會兒，有幾個孩子鬧騰著從她身邊跑過，嘻嘻哈哈的笑聲撒了一路，擾了一方清淨。這是以前行雲院子門口從來不會出現的場景，那傢伙是那麼偏愛清淨。

已經……完全不一樣了啊。

沈璃轉身，又去了當時的睿王府。皇家府邸倒是未曾有什麼變化，還是在那個地方，裡面的亭臺樓閣修得比當年還要富麗堂皇。只是這裡的主人已經換人。沈璃忽然想看看當年那株呆呆的小荷，它是否還在池塘中枯萎，又忽然很想知道，當年的睿王和他深愛的那個女子，最後結果如何。

她念了個訣，使了障眼法，從大門走了進去，可是走了一圈才發現，當年的那個池塘已經被填平了，又蓋了一間屋舍，沈璃默然。王府裡也沒有當年睿王的痕跡，新的主人照著自己喜歡的模樣把這裡改成了他的天地。

物已非，人已非。

沈璃忽然覺得有點不甘心，對她來說還像是前不久才發生的事情，那些她擁有的記憶，於這世間而言，卻好似連痕跡也沒有了。就像是……被這個世界拋棄了一樣。又或者，會不會……這世上根本沒有行雲其人，一切只是她虛妄幻想……

她心中一驚，急於求證，身形一遁便找去了皇宮，在陳放史書的地方，翻閱了記載當年事蹟的書籍。

睿王最終還是殺了他的哥哥，登上了皇位。而當年死而復生的睿王妃，卻終其一生沒有接受「皇后」這個頭銜，她出了家，伴著青燈古佛過了一生，睿王也因她一直未立后。

其間原因，史書中並未記載，或許是因為史官覺得，這不過是帝王崢嶸的一生當中不足為道的一筆。沈璃看著這寥寥幾筆的記述，又想到了義無反顧的小荷，與葉詩相比，她連一筆的記述也沒有。沒人知道她的存在，或許連那個帝王也忘了。畢竟，為皇帝而死的人那麼多。她的指尖在書頁上劃過，靜靜地落在「國師行雲」四個字上面。

他是睿王一生中最倚重的人，但卻一直沒受封號，只在死後被睿王追封為大國師。

他在這世間留下的痕跡，就只有這麼一點了，這一頁翻過，便是別人的歷史。沈璃忽然覺得一陣好笑，她到底在求證什麼，尋找什麼！就算全天下都記得行雲，與她何干。她的記憶只因為和自己有關，只是自己的回憶。而且不管行雲是真是假，他都已成過往。沒有哪一段過去是能找得回來的。

沈璃拍了拍自己的額頭，搖頭低笑。她怎麼會為了一段回憶，失措成這個樣子？真是有損碧蒼王的英名。

沈璃身形一隱，離開皇宮。走在宮城外，她卻忽然腳步一頓，緊接著轉了方向，往集市走去。她買了兩壺酒，又悠閒地出了城。行至城郊小河邊，沈璃一攬衣袍，在草地上坐下，揚聲喚道：「神君還要跟多久？」

樹後白衣男子靜靜地走出來，半點沒有被人點破行蹤的尷尬，行止坦然地在沈璃旁邊坐下，淡淡道：「什麼時候察覺到的？」

「神君。」沈璃遞給他一壺酒，「沈璃若愚笨至此，早在戰場上被殺了。」

行止一笑，接過酒壺晃了晃，兩人一陣靜默。

「昨日……」

「神君……」

兩人同時開口，又同時沉默下來。最後，行止一笑，道：「昨日是我的不對。本想今日與妳道歉，結果一覺睡醒才知妳已來了人界，這才跟了上來。」他的目光落在流淌的河水上，眼中映著瀲灩的光芒，語氣雖淡，但卻能聽出因不常道歉而微微彆扭的嘆息：「抱歉。」

沈璃向來是吃軟不吃硬的脾氣，行止這麼一說，倒弄得她有些怔然，她愣了一會兒才道：「沒事……反正欺負拂容君的法子還多著。而且衝著著神君發脾氣……用魔君訓斥的話來說，便是以下犯上，沈璃也有不對。」

行止一默。兩人再次安靜下來。

「以前……」沈璃像是下了什麼決心，忽然指著前面不遠處的一塊草地道：「有一次我以原形的身體躺在那裡，筋疲力盡，動彈不得，我此一生，從未如此難堪狼狽過。」

好似想起了什麼，行止眼裡流露出一絲笑意。

沈璃扭頭看見他微微彎起來的眉眼，心中卻有幾分澀然。「當時，被人撿回去時，我雖沒說，但確確實實有一種被救贖的感覺，像是遇見了傳說中的英雄。」她一笑，「這輩子頭一次見到自己的英雄，卻是個那麼普通的凡人，掐住他的脖子，不用使太大勁，便能讓他窒息而死。」

「大概是從那個時候起，我對行雲，上了心。」這是她第一次在行止面前如此冷靜清醒地提起行雲。她等了一會兒，沒聽見行止開口，她微微嘆息道：「神君，行雲，沈璃不笨。」

小河靜靜流淌，水流的聲音混著沈璃的話鑽進耳朵，行止倏地一笑：「又被看穿了。」

天色漸晚，夕陽落出一片絢爛，連帶著小河也被映得波光瀲灩。

這是在魔界鮮少能見到的美景，沈璃望著金燦燦的水流，飲了口酒。「其實我早有察覺。只是一直想不通，好好的天外天不住，你為何要跑到人界，去做一個憋屈的凡人。」

「呵。」行雲搖頭，「這個位置，才是真憋屈。」他話音一頓。「而且，等妳活得和我這樣久時，就會知道，無聊會成為做很多事情的理由。當初下界，我本只欲投胎成為一個普通的凡人，過凡人該過的一生，奈何……」行止無奈一笑，「輪迴道給我換了個凡人的身體，但孟婆湯卻沒有洗掉我身為神明的記憶。」

沈璃一愣，沒想到他是真的入了輪迴道，喝了孟婆湯。但是，一碗孟婆湯卻沒洗掉神的記憶。所以行雲才懂那麼多奇怪的陣術，但卻沒有半點法力，連鬼魂也看不見。

「以凡人之軀，哪兒能負擔得了那麼多記憶，難怪是個病秧子。」沈璃了悟，話音一頓，「既然你全部記得，為何卻裝作與我不識？」

行止一默，側頭看著沈璃：「與妳在魔界邊境趕墨方回王都的理由一樣。」

因為不喜歡，所以不想讓對方因為自己而被耽擱。也是呢，在身為行雲的時候，他也沒有對她說出一句接受，歸位之後，更不可能了吧。與其相識，不如裝作陌生嗎……沈璃眼眸一垂，他是這樣的意思啊。上古神無法回應她對行雲產生的感情，所以乾脆裝作不認識她，避免她將對行雲的感情延續到他身上。

斷絕她一切念想嗎？

沈璃一笑：「神君，你到底知不知道什麼樣的舉動才能讓對方不會喜歡上自己？」她嘆道：「你的那些舉動，根本就是在勾引人啊……」還是說……有時候，他自己也不知道自己在做什麼。

行止目光一動：「妳被勾引了？」

明明想要斬斷兩人之間的聯繫，卻還敢問出這樣的話……還真是個肆意妄為的傢伙。

沈璃握住酒壺笑出聲來：「可能嗎？」她止住笑，道：「神君當真思慮過多。碧蒼王沈璃豈會那般沒有分寸。在人界的時候，沈璃面對的只是凡人行雲，所以能去喜歡行雲，但現在你是上古神，我怎會把感情延續到你身上？」

行止拳頭一緊，脣邊卻是淺淺一笑。

沈璃繼續道：「身分的改變會改變太多事。就像睿王為了皇位會殺掉兄弟，他那麼愛王妃，最終仍舊為了子嗣朝堂，家國天下，娶了那麼多妃子，這並不是他錯了，只是身分使然。如果沈璃有朝一日在戰場上與你相遇，我也會成全身為碧蒼王的沈璃。」

行止定定地望著沈璃，目光微凝。

沈璃繼續笑著：「自然，魔界與天界都要聯姻了，估計也沒有那麼一天。我今日想說的只是——你不願做行雲，便不再是行雲，沒什麼好隱瞞和偽裝的。本來對我來說，行雲也已經死了。而我現在面對的，是神——行止。」

行止插進話來：「沈璃，從始至終，行雲行止，都只是我一人。」行雲是在人界生活的行止，記憶性格無一不同，只是換了個身體。他下意識地不想讓沈璃將他分開來看。

但沈璃卻搖頭道：「對我來說，是不一樣的。所以……」沈璃拿酒壺與他碰了一下：「行止神君，我做我的碧蒼王，遵從旨意嫁給拂容君。與你不會再有什麼瓜葛，你不必憂心了。」

「叮」的一聲，酒壺碰撞，一聲脆響傳來的震動好似擊打進胸口，讓他不由得心尖一顫，有一絲疼痛在血液裡無聲蔓延，暗淡了他的目光。可沉默許久之後，他還是扯了扯嘴角，笑道：「好，王爺能如此想，再好不過。」

夕陽落山，餘暉仍在，沈璃已喝完了壺中的酒，將酒壺隨手扔進小河中，「咕咚」一聲，像是給這段對話畫上句號。

沈璃站起身道：「城門約莫關了，沈璃從今以後也不用再來這京城了，我欲下揚州尋人，神君如何打算？」行止沒有答話，沉默之時，他們忽聽幾個奇怪的腳步聲在背後響起。

之所以奇怪，是因為沈璃與行止都輕易地聽出了，這絕對不是凡人能踩出來的沉重步伐。

沈璃神色一凜，俯下身子，此處是河灘草地，地勢較淺，且有草木阻擋，行道在上方的堤壩上，此時天色微暗，不注意的話，是看不見草地中有人的。行止看沈璃面色沉凝，反而輕輕一笑，道：「為何要躲？」

沈璃斜了他一眼：「感覺不出來嗎？」她盯著堤壩，收斂了呼吸：「氣息太奇怪了，而且並非善類。」還在黃昏時刻——人界邪氣極重的時刻出現……

「即便如此，妳也不用拉著我一起躲啊。」行止看了看沈璃將他按倒在草地上的手。

沈璃輕咳一聲，收回手。先前話說得漂亮，可是在此情此景下，沈璃還是下意識地把行止當成了那個需要她保護的脆弱的肉眼凡胎，而忘了——現在的行止神君，即便要在三界裡橫著走，旁邊的人也只有給他讓道送行。

可沈璃怎麼也沒想到，她將行止一放，行止就真當什麼也不知道一樣，站起身，拍了拍衣裳。簡直完全不將對方放在眼中……放肆極了。

是啊，沈璃怎麼忘了，即便在作為那樣弱小的行雲的時候，這傢伙也可以在重重包圍下，當面戲謔皇太子的身材，更別說他現在是神君的身體了。不管臉上表情多麼淡然，在心裡，他從始至終都是那般放肆張狂。

聲響驚動了堤壩上走過的一行四人，其中一個人好像是被另外三個人押著，手一直放在身後。沈璃定睛一看，在飄動的巨大頭巾之中看見了他頭頂鹿角的形狀，思及此處地界，她試探地喚：「湖鹿？」

被押那人渾身一顫，雖未開口，卻肯定了沈璃的猜測。

湖鹿是地仙，沒有天界的旨意，誰敢胡亂擒人，而這三個人一看便不是天界的兵將。沈璃眉頭一皺，他們這方還沒出手，那領頭的黑衣人倏地拔刀出鞘，一言未發便逕直砍了過來。

沈璃手掌一握，紅纓銀槍還未顯形，行止便將她的肩一按，沈璃側頭看他，只見一道水柱猛地自他身後衝著上前來，「嘩」地把領頭的黑衣人全身都弄溼了，緊接著寒氣四起，那領頭的黑衣人像是腳突然被黏在地上了一樣動彈不得。領頭的黑衣人周身慢慢凝結出細小的冰碴，竟是被凍住了。另外兩個黑衣人見狀欲跑，行止不過手一揮，如法炮製地將那二人也留在了原地。

沈璃眉一挑：「凝冰術？」

「不對，止水術。」

沈璃對水系法術不甚瞭解，所以也沒覺得這是多了不起的法術，她踏步上前，走到湖鹿身前，將罩住他頭的大頭巾取了下來，看見湖鹿頭上的角被一道亮光纏住，光芒順著他的腦袋往下延伸，綁住了他的嘴，又勒住喉嚨沒入衣領之中。沈璃眉頭一皺：「這是什麼封印？」

其時，行止也拉下一個黑衣人的頭巾，看見黑衣人正睜著大眼睛瞪他，行止扯著他的眼睫毛，讓他把眼睛閉上。黑衣人更怒，但眼皮還是被行止拉了下來。聽得沈璃問他，行止轉頭一瞧，眉頭微微一皺，這才放了黑衣人向沈璃走去。

「縛仙術。」他指尖凝光，在湖鹿額上輕輕一點，縛仙術隨之而破。

湖鹿腰一彎，解脫了似地大聲喘氣。待喘過氣來，湖鹿望著眼前的兩個人，眼睛裡嘩啦啦地滾出了淚水來。「多謝大仙救命之恩！我以為這次都活不成了，嗚嗚……」

沈璃嘴角一抽，這大個子還真是半點沒變，像以前一樣軟弱啊。

待湖鹿哭夠，抹乾了淚，這才細細打量了沈璃一眼：「啊……妳、妳是……」

「嗯，沒錯，我是。但這次不是來脅迫你的。」沈璃點點頭，她指了指旁邊三個人，「他們是怎麼回事？」

「說來話長，這都是一個修仙門派惹出來的禍事。」湖鹿一聲嘆息，「三個月前，一個叫『浮生門』的修仙小派在江湖上名聲大起，這本不關我們的事，但是他們卻開始設宴請各處地仙前去一聚，不少地仙都受邀而去，但去過之後都沒了音信。那時大家都還沒怎麼在意，但那門派又派人來請了第二批地仙過去，第二批地仙走了也同樣沒有回來，大家這才感覺到有些不對勁。等那門派第三次來邀時，大家都不肯過去，可沒想到，他們竟翻臉開始強行抓人。」

行止眼睛一瞇：「私擒地仙，可是犯天條的大罪，既有此情況，為何不上報天界？」

「大家想報啊，初時著靈物去送，可是第二天就看見靈物死在荒野裡，後來有的地仙又想自己去，但一去就沒了音信。地仙能有多少，被請去了兩批，抓了一批，零零散散地扣走些人，便沒剩幾個了。」一提到這事，湖鹿又開始抹眼淚，「京城周遭方圓百里，恐怕抓得就只剩下我一個地仙了。我還是躲到了城中藉著人多才隱藏了這麼些時日，但是今天還是被抓住了。要不是你們……嗚嗚，我還不知道要被怎樣對待呢。」

沈璃奇怪：「你們地仙好歹有個仙身，法力不強，但也不至於弱到這種程度吧，軟柿子嗎？由人隨意捏撿？」

湖鹿委屈地看了沈璃一眼：「不是沒有反抗……一些法力高強的地仙也有過反抗，只是對方好似有專門對付仙人的法子，像這縛仙術，被定住後，任是如何掙扎也逃脫不了了。而且……先前我聽別的地仙提過，這修仙門派的人使的招數，不像是仙術，而……」

他看了沈璃幾眼，猶豫著說了出來：「像是魔界的法術……」

魔界的法術？沈璃眉眼一沉。

魔界歸順於天界，族中雖有不服者，但因為魔君政策施行得當，最大限度地保留了魔族的利益，所以也未見有人與天界起衝突。而天界之中卻老是有人認為魔族其心險惡，縱使臣服千年也不過是韜光養晦，伺機報復，但魔界一直未曾出過大問題，所以那些閒人便有如無的放矢。

而此次地仙被相繼捉走的事，若是被天界知道與魔界有一星半點的關係，哪怕這些關係只能找到一丁點的證據，天界的人也會認為魔族用心險惡，其罪可誅。魔君與族人被潑了髒水不說，本就不是極為穩固的兩界關係必定受到不小的衝擊。

沈璃雖打從心底覺得與天界的人撕破臉皮沒什麼可怕的，但撕破臉若是因為受人挑撥，難免讓她感覺自己被人戲耍了，多麼不爽。

「把你那什麼水術解開。」沈璃一邊向領頭那人走去，一邊指揮行止。

行止挑眉：「使喚上神可不是個好習慣。」言罷，行止還是乖乖解了那人身上的法術。

只見沈璃已經一把揪住了那人衣襟，揮拳便將他揍到地上，二話沒說，往他肚子上一坐，兩隻腳分別踩住黑衣人的左右手，而後將他下頜一捏，防止他咬舌或者吞毒。

「我每個問題只會問一遍，你若不答，我便剁了你的手指頭讓你吞進去，你且算好自己有幾根手指頭。」她目光森冷。行止知道，她不是在威脅或者玩笑，而是當真會說到做到。身為魔界的王爺，該心狠的時候，她的表現從來不遜色。

領頭的黑衣人渾身顫抖，想要掙脫沈璃，但壓力好似千斤墜，讓他無法動彈。

「誰指使你們做的？」

領頭的黑衣人額上青筋暴起，死命憋著不答話，沈璃另一隻空著的手在那黑衣人腰間摸出一把匕首，匕首在她掌中極為熟練地一轉，眼瞧著匕首便要落下將手指斬斷，領頭的黑衣人嘴裡慢慢擠出兩個字：「門主……」

沈璃眉頭一皺，還沒問第二個問題，便見黑衣人臉色越來越青，直至呈絳紫色，而他額上的青筋中像是有蟲子在不停蠕動，最後他雙目暴突，喉間發出疼痛的尖細嘶叫，沈璃只聽「砰」的一聲——

黏膩的血液濺了她滿手，連臉上也不可避免地被糊上了溫熱。沈璃看著身下的屍體，扔了匕首，站起身來，那黑衣人健壯的身體好似沙一樣，從衣服裡流出來，撒了一地。

屍骨全無。

「定是之前便被下了咒。」她看出其中端倪，「若答到這些問題，便會死亡。」

湖鹿早已嚇得渾身癱軟，坐在地上。「多……多麼惡毒的咒術啊……」

行止目光沉凝，轉頭看另外兩個黑衣人，這才發現他們已經閉上了眼睛，竟是在方才都自盡了，只是……沒有死得那麼難看。沈璃顯然也發現了這一點，她微微皺起了眉頭：「線索都斷了。」

「我……我之前倒是無意間聽到過，」湖鹿猶豫著開口，「他們好像要把抓去的地仙帶去一個有巨大瀑布並布滿青藤的懸崖洞穴裡，這方圓百里，唯有青崖洞府這個地方符合描述。」

沈璃走過來：「先去那裡看看，若有別的地仙被困，先救出來再說。」

行止沉吟了一會兒卻道：「為免打草驚蛇，我們先扮作這幾人，靠近那洞府後，一切好辦。」

「行，到時候陣法法術交給你，揍人我來。」

行止聞言一笑，隨手撿了根木棍，順手敲了敲沈璃的腦門。「姑娘，矜持。」

沈璃被敲得一愣，摸了摸自己的腦門，扭過頭去，未發一言。先前行止在她面前還要刻意隱藏，這下全都說破，行止的那些劣根性便暴露出來了。他這一下，神態語氣竟是與行雲別無二致，弄得沈璃心裡不停犯嘀咕，只想將他拖來狠揍一頓。哪兒有像他這樣，一邊拒絕又一邊勾引的人啊。

沈璃心裡還沒埋怨完，忽覺自己周身衣裳一變，化為一身黑色短打衣裳，是與方才那三個黑衣人一樣的打扮。行止將手中木棍一扔，木棍化出個人形，是方才那領頭人的模樣，緊接著他自己的衣裳也是一變，束身黑衣讓他顯得尤為幹練，讓這向來慵懶閒散的人頃刻間多了些英氣。

沈璃清了清嗓子：「走吧。」

由湖鹿指路，幾個人很快便到了相距百里的青崖洞府，洞府在瀑布裡面，沈璃對穿越這樣的水簾下意識地覺得不安，但此時沒有辦法，也只有硬著頭皮上了。她一聲沒吭，跟著湖鹿的腳步就踏到巨大的水簾之中，但出乎意料的是，當她一腳踏入水簾之後的洞穴時，身上竟沒有被淋溼半點，她一抬頭，看見金光屏障在頭頂一閃而逝。沈璃轉頭望行止，他只目不轉睛地盯著前方黑暗的洞穴，邁步向前。

那就向前吧，像什麼都沒發生一樣。

順著一條黑暗的路走到深處，下了幾級階梯，他們忽然眼前一亮，朱紅色的大門驀地出現在前方，阻斷了道路。

湖鹿說這裡先前是個大妖怪住的地方，妖怪性子不壞，與地仙們井水不犯河水。只是不知為何，現在這裡卻成了關押地仙的囚籠。

幾個人在門前沒站多久，朱紅色大門微微開了一條縫。

「權杖。」裡面的人冷聲道。他們沒有收走黑衣人身上的權杖，沈璃眉眼一沉，欲上前強行將門打開，行止卻握住她的手，搖了搖頭。

用木棍化出的「領頭人」，兩步走上前，卻似受了重傷一樣將門把住，裡面的人微帶戒備：「怎麼？」

「門……門主……」木棍人嘴裡發出的聲音竟與方才那人死之前的聲音一模一樣。

裡面的人聞言，雖不知發生何事，但卻放鬆了警惕，大門一開，行止將沈璃的手一鬆。「現在。」沈璃會意，身形一閃，鑽進門內，將守門的人一拳揍暈在地。右側還有一名守衛，還沒等那人反應過來，沈璃一記手刀便打在他頸項處。

守門的兩人被輕鬆解決掉。行止對湖鹿說：「裡面交給我們就行了，你回自己的領地休息，這些地仙不久也都會被放回去。」

湖鹿卻有些猶豫：「他們很厲害的……你們沒關係吧？要不我還是和你們一起吧……」

行止一笑，沈璃不屑道：「你該為對方擔心。」

行止將木棍變了回來，放在湖鹿手心。「拿去防身吧。不用謝。」言罷，行止轉身進了洞府。湖鹿不解地看了看手裡的木棍，這東西……怎麼防身？

沈璃斜眼看行止：「好歹是個上古神，給人禮物怎的如此小氣。」

行止一笑：「若他不將那木棍扔了，方圓百里，應該沒人能打得過他了。」行止想，這是謝他提供了有用線索，也是謝上一次在人界，他特意趕來相救之恩，雖然沒救成功……

又走過一個極長的通道之後，沈璃總算在前面看到點亮光，她疾步走上前，眼前忽地大亮。只見此處是個呈圓柱狀的巨大溶洞，下方有水，泛著幽綠的光，照得整個溶洞皆是一片青碧之色，洞壁上盤繞著向上的路，細數下來竟有十條之多。被抓來的地仙們被單獨關在鐵籠子裡，從頂上一個連一個地吊下來，在溶洞中央拉出了一條筆直的線。每個籠子外面都籠罩著一層薄薄的光，約莫與先前湖鹿身上的縛仙術是一樣的。

而一群黑衣人則在盤繞的路上來來回回地忙碌，搬運著一些木頭箱子。

沈璃定睛一看，那些箱子裡放著陶罐和一些黑色不明物體，像是煉製失敗的……藥丸？

他們這是在煉藥？可煉藥抓地仙來做什麼？吸乾他們的精氣？

沈璃腦子裡突然浮現出大家幹著害羞事情的詭異畫面，她甩了甩腦袋，正色道：「怎麼救他們？」

行止一笑：「如先前妳說的那般，陣法法術交給我，揍人妳來。」言罷，他手一揮，一道金光如蛇一般從上至下將囚籠纏繞了一遍。

「破。」他的聲音輕極，卻穿透了整個溶洞，那些縛仙術應聲而破。

忙碌的黑衣人這才反應過來，一部分人更加緊張地搬運木箱，另一部分人提著大刀便攻了過來。沈璃的銀槍已握在手中，行止則躍身飛至鐵籠旁，從最下面一個開始，挨個將鐵籠打開。待他將其中的地仙盡數放出，沈璃也收拾完了攻來的黑衣人，另外一些則跑沒了影子。

地仙們皆頷首拜謝。

「此地不宜久留。」行止道：「都先出去再說。」

重見天日讓許多膽小的地仙都哭了出來，眾人更是感謝行止，但奇怪的是沒有人來沈璃跟前對她說聲謝謝。沈璃本就沒注意到這一點，但當她問「你們可知先前那些地仙被抓去了哪裡？」時，眾地仙的目光這才落到她身上，半天也沒有人答話。

其中有一個青年男子沉不住氣，指著沈璃道：「妳這魔族的傢伙居然還有臉來問！妳會不知道他們去了哪裡？」他話音一落，旁邊立即有人拽了拽他的衣角。「她好歹也救了我們，你別這樣！」

沈璃眉眼一沉：「我只說一遍，生擒地仙一事與我魔族沒有半點關係。我亦是今日才無意得知……」

「胡說！」許是被囚禁了許久，此刻終於得到釋放，心裡的焦急皆化為憤怒，青年男子打斷沈璃的話，「就是你們這些魔族之人，野蠻橫行，居心叵測，一直圖謀不軌，此次擒了我們不知要做什麼，下次是不是就要去天界抓人了？你們這些魔族的傢伙，沒一個好東西！你們的魔君更是……」

話未說完，沈璃已站在他跟前，隻手掐住他的脖子，將他提了起來。

「你盡可再放肆一句，我碧蒼王必讓你屍首分家。」

看見沈璃眼底的紅光，被掐著脖子的青年男子幾乎要嚇暈過去，旁邊的地仙嚇壞了，忙連聲道歉，勸沈璃放了那人。而沈璃卻像沒聽到似的，手指慢慢收緊，眼見那人臉色漸漸泛青。

行止這才不贊同地皺眉喚道：「沈璃。」他目光微沉，沈璃只斜眼瞥了他一眼，沒有鬆手，但力道卻小了些許。

「殘……殘暴野蠻……」得了空隙，那青年男子掙扎著說出這幾個字，沈璃冷冷一笑，只盯著他道：「我本不欲殺你，但你既然已將我定罪，我便將這罪名坐實了，讓你死得踏實一些可好？」

言罷，她五指用力，青年男子臉色更是青紫，嘴角微微泛出白沫。旁邊的地仙連連驚呼。有的地仙已經被嚇得哭了出來。

一隻手適時握住她的手腕，行止沒有強迫她鬆手，只是勸道：「妳若殺了他，便更難為魔界洗脫冤屈了。」

沈璃心頭更是憋屈，咬牙切齒道：「此人滿嘴噴糞，賤我族民，辱我君王，捏造我魔族未行之事，不廢他，難消我心頭之怒。」

「沈璃……」行止一聲輕嘆，無奈至極。

沈璃心中哪會不明白殺了這地仙的後果，但魔族向來便被這種愛閒言碎語的傢伙惡語中傷，每次都得忍耐克制，叫她如何甘心。

沈璃一咬牙，最終手臂一用力，逕直將這地仙扔出去老遠，撞斷了數棵小樹，方才止住去勢。那人兩眼一翻，頹然倒地，竟是暈過去了。有地仙急急忙忙跑了過去，見他傷得重，不由得有些埋怨道：「不過是說了幾句，何至於這麼大的火氣。你們魔族中人，難道就不能體諒一下……」

「體諒？」沈璃只覺這些仙人好笑至極，聲音中暗含法力，震得眾人皆是心頭一顫，有體弱者捂住耳朵面露痛色，「我便是不體諒你們，你們又奈我何？」

她正在氣頭上，出口之時法力激蕩，毫無收斂，可口中尚有法力未出，一隻大掌倏地捂上她的嘴，讓她將法力盡數噎回去了不說，還強硬地將她往後面一按。沈璃只覺自己的後背貼在了溫熱的胸膛上，行止身上溫和的氣息瞬間便包裹了她，像是被施了什麼法術一樣，宛如清風吹散霧靄，讓她心中戾氣盡消，唯剩些不甘與委屈堵在心口，悶得心慌。

「各位仙友，那些擒住你們的人身上帶有魔氣，並非代表此事是魔族之人所為。或許是有心人從中作梗，故意挑撥天魔兩界的關係，還望各位仙友勿要聽信謠言，以免中了奸人之計。」

行止說話的聲音帶動胸腔震動，讓沈璃不由自主地有些失神，但看見前面那些地仙，她又覺氣不打一處來，沒好氣地推開行止的手。沈璃從他懷裡掙出去，扭頭瞪了他一眼，轉身便往另一頭走去，一邊走，一邊踢飛腳下的亂石雜草，竟是像小孩子一樣在使氣。

行止望著她的背影，嘆息著搖頭淺笑。他沒急著走，扭頭繼續對眾地仙道：「不瞞各位，我前些日子才在魔界待過，魔族人並非如各位所想的那般嗜血好戰，他們性格爽朗，行事直接果斷。而且在軍營之中，也不見有大型軍事活動的準備。大家試想一下，若擒拿地仙一事當真是魔族所為，那他們必定已做好與天界對戰的準備，而這些準備若沒有武裝預演和大規模軍隊調動，是絕對不可能做到的。」

眾地仙聽他如此一說，沉思起來。

一位白髮老者摸了摸鬍子道：「據老朽所知，前些日子去魔界的唯有天君皇孫拂容君，方才那女子自稱碧蒼王沈璃，莫非，眼前當真是這夫婦二人？」

行止眉梢微微一動，回頭看了一眼，見沈璃在遠處倚樹站著，眺望著瀑布，那方聲大，她約莫是什麼也沒聽見。行止轉過頭來，脣角勾著弧度，只道：「拂容君與碧蒼王尚未完婚。」卻並不否認兩人的關係。

老者點了點頭：「既是仙君的話，當是為真。」

「碧蒼王一心為魔族，且極為護短，聽不得別人損她魔族半句。她方才那般皆是因為來了脾氣。望各位見諒。」行止一笑，「若論品行誠實，處事厚道一說，我倒還不如她。所以碧蒼王方才的話，盡可相信。」

白髮老者捋了捋鬍子：「仙君對王爺倒是極好，不如先前傳聞中那般……呃……哈哈。」老者沒說完，自己打起了哈哈。

行止沉默，脣角弧度卻有些收斂，只眉眼微垂，輕聲道：「因為，她值得。」

詢問了一番被擒之後的事宜，行止便交代眾地仙回自己的領地守著，這一帶的黑衣人短時間內約莫是不會再來了。行止讓他們趁機向天界通報此事宜。遣散眾地仙，行止慢慢走到沈璃背後，沒有喚她，沈璃卻已察覺到了他的存在，微微側頭看了他一眼。

「都走了？」

行止點頭：「好像在他們之前還有一批人被押走了，應該是往南方去的，但具體方位他們並不知曉。」

「這是你們天界的事，與我無關。要救人你自己去吧。我去揚州了。」言罷，沈璃駕雲而走，可飛了一陣子發現行止一直在身後跟著，沈璃扭頭瞪他，「跟著作甚！」

行止無奈一笑：「揚州也在南方啊。我們是同路。」

沈璃一默，心中雖還有幾分氣未消，但也沒急著趕人走了。行止在她後面跟了一會兒，距離越來越近，最後與她齊頭並行，他瞥了沈璃幾眼，問：「想吃點東西嗎？」

沈璃嘴硬，冷冷地吐出一句「不想」，但肚子卻沒出息地應了一聲。她嘴角一抽，聽行止在旁邊不厚道地笑。沈璃心中更是惱怒，眼瞧著要駕雲奔走，手腕卻被行止一拽。「下面正好有戶人家，咱們去借下廚房弄點吃食吧。久未食五穀，倒有些想念。」

沈璃眼珠子一動：「你做？」

行止淺笑：「我做。」

「下去吧。」

第十一章

上古神君的煩惱

行止做的東西，或者說行雲做的東西確實有幾分讓人想念。

山裡這戶人家正好在路邊，似乎習慣了有路人在這裡借地休息，在屋子外邊還擺了幾張桌子，一塊寫著大大的「茶」字的招牌在一邊掛著。沈璃與行止還沒坐下，一個農婦打扮的中年女子便從屋裡出來了。

「哎，兩位喝茶啊？」她熱情地招呼著，「坐坐坐。」

「大娘，我們趕路餓了，可否借您廚房一用，弄些吃食？」

農婦眨了眨眼，在兩人之間一打量，忙笑道：「你們要吃什麼，我幫你們做就是。」

行止笑道：「我妹妹嘴刁，怕您弄得不合口味，回頭報酬還是會給您的。」

農婦沉默了一瞬：「呃，那好吧，我去把廚房收拾一下。你們先喝茶。」說著，她殷勤地把杯子拿來，給他們倒上茶，然後急匆匆地往廚房走去。

「黑店。」沈璃摸著茶杯杯沿下了定論。

「王爺可是怕了？」

沈璃一仰頭便喝下了手中的茶。「我以為，他們還是黑不過神君的。」

行止淺笑：「王爺抬舉。」

待農婦收拾好了，再從屋子裡出來，見兩人還筆挺地坐著，面上閃過一絲疑慮，但又堆起了笑走過來。「已經收拾好啦，公子去吧。」她將桌上的茶壺一提，感覺裡面只剩半壺水，表情有些詫異地望向兩人。

沈璃當著她的面抿了口茶：「怎麼了？」

農婦笑了笑：「沒有，只是走到這荒山野嶺也不見疲色，我覺得姑娘的身體很好。」

沈璃一笑：「還行，殺過千百隻妖獸怪物而已。」

農婦眼中幽綠的光一閃而過：「姑娘可真愛開玩笑。」

沈璃不如行止這般沉得住氣，也不像他那樣喜歡賣關子，當下一把抓了農婦的脖子，將她往桌子上一按。「我不愛開玩笑。」言罷，她將那壺茶一提，逕直灌進了農婦嘴裡。

農婦手腳拚命掙扎，只是哪兒還有她說話的份兒，被沈璃一陣猛灌，農婦當即便暈得找不到方向了。沈璃提著她，將她一抖，農婦四肢縮短，皮肉慢慢蛻變成光溜溜的蛇皮，尾巴拖在地上來回甩動，竟化作一條青蟒。

把渾身已經無力的蟒蛇往地上一扔，沈璃冷聲道：「都出來，再躲我就殺了她。」

沈璃話音一落，一個少女連滾帶爬地從一旁的草堆裡跑了出來。「別！別殺我娘！」她聲音軟糯，路還有些走不穩，下半身一會兒是蛇尾，一會兒是人腿，來回變換，還沒跑到青蟒身邊，她便自己把自己絆摔在地上，撲了一臉的灰。

行止一笑，剛想調侃幾句，忽見沈璃猛地上前兩步將少女扶了起來，她不嫌髒地拍了拍她的臉頰，欣喜道：「小荷！」

少女愣愣地看著沈璃，因為害怕，聲音有些顫抖：「我不是小荷……對不起……」

少女的身體實在是抖得厲害，沈璃只好暫且放開她。

方才一時欣喜，沈璃竟然忘了自己認識的那個小荷已經為她喜歡的人犧牲了自己。且不論這少女是不是僅與小荷長得相像，就算她真是小荷的轉世又如何？不是人人都是行止，孟婆湯對普通人來說，是毒藥也是解脫，這一世，她不再認識那個被稱為睿王的人，也沒有因被那般算計而傷心過。

沈璃一時沉默，行止上前一步，問少女：「妳們道行也不高，卻敢明目張膽擺攤害人，委實有些放肆，就不怕此處山神問妳們的罪？」

少女戰戰兢兢地將青蟒的脖子抱在腿上，小聲答：「此處的山神早就被抓走了。」

聞言，沈璃與行止對視一眼，沈璃問：「什麼時候被抓走的，妳是否看見他們被抓去了哪兒？」她問話時，聲音不自覺地微微嚴厲起來，嚇得少女更是抖得不行，兩片粉嫩的唇顫了半天愣是沒擠出一個字來。

「我沒揍妳啊……」沈璃一聲嘆息，有些頹然。行止在旁邊悶笑。

沈璃正無奈之際，趴在少女腿上的青蟒動了動腦袋，微啞著嗓子道：「大仙饒命。」青蟒費力地撐起腦袋，沈璃方才只抖了她兩下便讓她如此吃不消，她心裡知道自己與沈璃實力的差距，態度更是恭敬：「我們母女本也不想做這種害人生意，但實在是被現實所逼，無可奈何之下才做出了這樣的事。但是在這幾月當中，我們絕對沒有害人性命啊！只是取走錢財便將人放了，不曾害過一個人！還望大仙饒命。」

「妳們從什麼時候開始在這裡擺攤的？」沈璃換了問題問：「又是為什麼被迫做出這種事？」

談到此事，青蟒一聲嘆息：「說來也是四處的山神不停消失的原因，我們本住在揚州城三十里地外的山林中。這孩子的父親是個凡人。此前我們靠她父親自己種的糧食和我從山上帶回來的野味也勉強能生活。但是三個月前，我們居住的那山林不知道出了什麼事，樹木凋敝，瘴氣四起，寸草不生……」想到那樣的場景，青蟒好似還心有餘悸。她嘆了口氣道：「山神一個都不在，後來才聽山上別的妖怪說，他們被一些來自浮生門的傢伙帶走了。」

又是浮生門。沈璃皺起了眉頭，看來他們不只抓了京城周圍的地仙。一個近年剛崛起的小修仙門派到底是哪兒來的本事將這麼多地仙皆擒住，而且還有那樣的魔氣，此時甚至連沈璃都開始懷疑，是不是魔界有了什麼圖謀不軌之人。

「所以我只好帶著這孩子躲到此處來。哪承想這山裡可以吃的東西也少得可憐，無奈之下，我們才想到此下策，打劫路人的銀錢食物，用於維持生計。」

「妳丈夫呢？」行止輕聲問著，卻不是關於浮生門的事，「他不跟來，一個凡人如何生活呢？」

「他……」青蟒稍一猶豫，還是老實說道：「他與我成親之前是個道士，雖然平時與我在一起生活，但是他心中除魔衛道的責任卻一直沒放下，這次山裡瘴氣四溢，他早在我們母女跑出來之前便帶著他收的弟子去揚州城了。他說瘴氣那般厲害，城裡肯定會受到影響……」

沈璃聞言一怔，這個蛇妖與凡人在一起生下子嗣便罷，那男人竟還是個道士？人妖本就殊途，再加上身分的束縛，一人一蛇在一起必定極為不易。沈璃一時間竟有些佩服起這條青蟒來。

沈璃沉默的這一刻，行止忽然做了決定：「既然如此，我們現在便去揚州吧。」他淺笑：「這頓飯，改日再做給妳吃。」他的語氣不自覺地親暱，沈璃聽得一愣，然後扭過頭，不自然地咳了一聲。

「大……大仙！」少女突然道：「你們可以帶我一起去揚州嗎？我很想

念爹爹和景言哥哥。」她臉頰微紅，不知是急的還是害羞。

城中若有瘴氣，對這種小妖的影響還是挺大的，行止剛要拒絕，沈璃卻一口應了下來：「走吧。」她回頭看了一眼行止。「給她一個避瘴氣的符紙便行了。」語氣果斷，完全不帶商量的口吻。她是不想再單獨與行止走下去了。

行止望著沈璃，稍稍怔然，隨即一笑，走到少女面前，在她腦門上寫了個字，道：「入了城，若有不適，記得與我說。」

少女極為感激地點了點頭，然後身體一變，化作一條小青蛇，鑽進了沈璃的衣袖，她露出個腦袋來，看了看沈璃，沈璃一笑：「走吧。」

到揚州時，已是夕陽西下的時候，但卻不見夕陽美妙的影子，城上空籠罩著黑濛濛的瘴氣，不仔細看，沈璃還以為自己到了魔界的哪個地方。據小青蛇景惜說，揚州城裡城外的地仙被抓得一個不剩，周邊的山林中又瘴氣四溢，每日從山上飄下來的瘴氣在城中積累，便成了這個樣子。

沈璃皺眉：「魔族之人天生對瘴氣有一定的適應性，但是凡人之軀必定受不了這樣的瘴氣。」

如她所言，城裡興起了疫病。老幼無一不患病，偶爾有幾個身體強健的人還能在街上走幾步，但這傳說中繁華富庶的江南儼然已變成一座死城。

小青蛇在沈璃的衣袖裡顫抖，沈璃安撫似地摸了摸她。「我們會找到妳家人的。」

他們沿街走了一段路，沈璃問行止：「可有辦法驅除瘴氣？」

「自然可以，只是城中瘴氣乃是受山林之害，清此處瘴氣只治標，清林間瘴氣才是治本。」

「先治標，再治本。」沈璃果斷道：「緩一緩總比什麼都不做來得好。」

沈璃話音未落，斜前方忽然橫著衝出一個人來，他一身衣服灰撲撲的，滿頭頭髮散開，一臉黑灰。

「終……終於有人來了！」他激動得捂臉，幾乎要喜極而泣，「終於熬到人來了！」

沈璃問：「你是何人？」

來人將臉一抹，幾乎哭了出來：「我是拂容君啊！」他用髒兮兮的衣服擦了擦髒兮兮的臉，弄得臉更髒，然後指著自己的臉道：「拂容君。」

沈璃眉頭一皺，極是嫌棄：「走開，我現在沒空理你。」

拂容君一愣，望了望一旁也扭過頭不看他的行止神君。「太過分了！他怒道：「本仙君捨命救了一座城，你們就這樣對我！要不是本仙君趕到揚州城，這裡的人早被瘴氣給吞了！是本仙君用淨化法術才把局面控制下來了！你們這種嫌棄到底是怎麼回事！」

行止仰頭看了看天：「是有被淨化過的痕跡。」

聽行止肯定他，拂容君的憤怒中轉出了一點委屈來：「本是來尋一點逍遙，可是卻撞見了這樣的事，撞見了，總不能撒手不管吧。我費盡全力淨化了城中瘴氣，可不到一天，瘴氣又瀰漫開來。城裡病號太多，生病太重的管不了，我便把病情稍輕之人一起帶到城北廟裡面，設了個結界把他們圈住，自己每天出來淨化瘴氣，可這些日子瘴氣越來越重，我也沒法了。」

他說得極為心酸，沈璃一語點破：「為何你發現的時候不上報天界？你是怕自己被抓回去吧。所以硬撐著想以一己之力淨化瘴氣，現在擔不住了，才想起找人了吧。」沈璃瞥了他一眼：「什麼救了一座城，也好意思說。」

拂容君噎住，正難堪之際，只見一道青光一閃，妙齡少女忽然站在他的面前，因為腳站不穩，踉蹌了兩步撲進拂容君懷裡，又連忙退開：「仙君，你可有在城裡見過一個道士帶著一個徒弟？」

這聲軟軟的呼喚喚得拂容君渾身舒暢，他上下打量了景惜一眼，桃花眼一瞇：「自然有看見，都在本君設的那個結界裡面。」

「可以帶我過去嗎？」

「當然。」說著，拂容君伸出手，「我牽著妳吧，這裡瘴氣遮眼，當心看不見。」

沈璃將景惜攔腰一抱，逕直扛在肩上，而後吩咐拂容君：「去，帶路。」

拂容君悻悻然地瞪了沈璃一眼，扭頭走在前面。

沈璃沒想到一直被她當作花瓶的拂容君，竟真的有本事在城北廟裡設一圈結界，護住了其中至少數百人的性命。待進了結界，民眾對拂容君皆是笑臉相迎，像是感激極了。

拂容君得意地扭頭瞧沈璃，好似在炫耀自己的功德。沈璃扭頭不理他，倒是景惜被唬得一愣一愣的，一路上不停地誇：「仙君好厲害，仙君真是大善人。」拂容君高興得哈哈大笑。

走到廟裡，景惜一眼便掃到了角落裡的兩人，大喚一聲，跑了過去。

「爹，景言哥哥！」

沈璃聞言看去，微微一怔，景惜的爹看起來只是個普通的道士，但她那景言哥哥竟與上一世的睿王長得十分相似。而此時，景言身邊正躺著一個粉衣女子，看樣子是生了病，正昏睡著。那女子的模樣居然與上一世的葉詩也有所相像。

景惜急匆匆地跑過去，卻換來景言一聲低喝：「別吵，沒看見有人睡著了嗎？」

景惜一愣，委屈地往後挪了挪，走到一旁拽住了她爹的衣袖。

這一幕場景卻讓沈璃莫名想到了那個地室當中三人微妙的關係。難道這一世那種事情又要上演？沈璃不禁問：「他們是在重複自己的宿命嗎？」

行止搖頭：「不過是巧合罷了。」

看著景惜有些委屈的模樣，沈璃突然想到了小荷，不由得自語道：「睿王稱帝之後，在他一生中那麼多個日夜裡，有沒有哪怕一個瞬間，會回想起曾經有個才露尖尖角的小荷，為了成全他而再無機會盛放。」

「會想起的。」行止答：「在他稱帝後，御花園裡，種滿了荷花。」

沈璃一怔，沒想到行止會回答她，但怔愣之後，又是一聲輕嘆：「雖然沒什麼用，但小荷若知道了，應該會高興的。至少，她被人記住了。」

「妳怎麼到這兒來了？」景惜的爹聲音微厲，「妳娘呢？為何放任妳到此處？」

景惜拽著她爹的衣袖，有些委屈：「娘也擔心妳，可她受了傷，怕受瘴氣影響，所以沒敢來。」

「胡鬧！」他衣袖一拂，「妳便不怕受瘴氣影響？快些離開！」

景惜回頭看了景言一眼，見景言根本沒把注意力放在她身上。景惜喉間一澀，沒有說話。正是沉默之際，拂容君突然橫插一手，往景惜跟前一站，隔開她與她爹，笑道：「此結界之中無甚瘴氣，道長大可不必如此急著趕令千金走。她也是思父心切，道長莫要怪罪。」

拂容君回頭看了看景惜，見她一雙眼亮亮地盯著他，拂容君心底不由自主地一軟，也隨之柔了目光，幾乎是下意識地一笑。儘管他如今滿臉的灰，但眼中的溫暖仍舊讓景惜心中升騰出感激之意。

道士見拂容君開口，便沒好再說話。

沈璃在地上昏睡的姑娘跟前蹲下，打量了她一會兒，見她脣色泛烏，白皙的皮膚之下隱隱透出青色的血管，像一條條潛伏在皮膚之下的蟲子，看起來令人生畏。

沈璃問：「這便是此次揚州城因瘴氣四溢而出現的疫病？」對面的景言看了沈璃一眼，不滿於她的打擾，沈璃毫不客氣地回望他，語氣微帶不滿：「如何？你不知道，那你守著她作甚？不如讓懂的人來看看。」

她一轉眼看向行止：「神君有勞。」

行止看到她這種為景惜打抱不平的舉動，有些嘆息，不管理智再怎麼約束，沈璃還是沈璃，忠於自己內心的感情，不喜歡的、看不慣的，都忍不住在面上表現出來。

心裡雖然這樣想，但行止仍是走了過去，將這女子仔細一打量，眉頭一皺，把著她的脈搏。隔了一會兒，他道：「我去看看別的患者。」

他神色微凝，在廟裡轉了一圈回來，眉頭蹙起，轉而問拂容君：「仙君在此處數日，可有發現哪個方向的瘴氣最為濃郁？」

拂容君一琢磨：「西邊，城西的瘴氣總是最為刺人。」

行止沉吟了一會兒：「若我沒猜錯，瘴氣或許並不是從城外溢入城內，而是由城內向城外溢出的，而這樣的溢出，怕是已有一段時間了。」

聞言，廟裡的人皆是一驚。道士首先反駁道：「不可能，我雖隱居山林，但偶爾也會入揚州城購買生活所用之物。上個月我才來過一次，那時城外已經有了瘴氣，而城內卻是比較乾淨。」

「他們這樣的表現並非得了疫病，而是吸入太多瘴氣導致經脈逆行。」行止將衣袖往上一挽，在他手臂上，也有隱隱泛青的血管在皮膚下顯現。他道：「說來慚愧，數日前我不慎被瘴氣入體，它們在我體內便留下了這樣的痕跡。」

沈璃知道，那是行止在墟天淵時被妖獸偷襲之後留下的傷口，只是沈璃不承想，那妖獸留下的痕跡竟然至今還在，而這段時間行止竟然一聲也沒吭。

「這樣的痕跡，若不是受過身帶瘴氣之物的襲擊，便是常年吸入瘴氣致血脈逆行，瘴氣積累到一定程度之時，終於爆發。」行止放下衣袖，「各地地仙消失，神祕的修仙門派，瘴氣肆虐不止，此事的答案或許就在城西。」

事關魔族聲譽，沈璃心覺耽擱不得，當下也不想管這裡的男女之事，「去城西。」她起身便道，又吩咐拂容君，「好好守著這兒。」

越是靠近城西，瘴氣果然越發刺人。沈璃渾身戒備起來，她對行止道：「若發現此事真凶，必交由我魔族來處置。」

行止一默，在沈璃滿心以為他沒有異議之時，行止卻道：「不行，此事與眾多山神、地仙有所牽扯，天界必當追究到底。」

沈璃腳步微微一頓，轉頭看向行止，見他脣角雖是與平時一樣淡淡的微笑，但眼神中卻是不容否決的堅定。沈璃此時忽然有一種終於看見了行止真實一面的感覺，原來看似漫不經心的神態之下，他的立場是那麼清楚，在涉及天界的問題上，他不會退步半分。

「好。」沈璃點頭，「聯審。」她提出意見。

行止側眼看她，還沒說話，忽覺兩人走到了瘴氣最濃郁之地。其氣息刺人的程度讓已經習慣了瘴氣侵襲的沈璃也微微不適，更別說在人界生活的凡人了。

眼瞧著快走到城西城牆處，仍舊沒見到可能溢出瘴氣的東西，沈璃心頭覺得奇怪：「找的都快撞上城牆了。」

行止順手扯了沈璃一根頭髮，沈璃不覺得痛，只是奇怪地看他：「作甚？」但見行止輕輕一笑，修長的手指靈活地將她這根頭髮捲成了蝴蝶的形狀。

「變戲法給妳看。」言罷，他手一鬆，只見沈璃這根頭髮化作一隻白色的蝴蝶，撲騰著往空中飛去，所過之處瘴氣盡消。兩扇朱紅色的大門開在城牆處。而這朱紅色的大門，與他們在京城郊外解救地仙時看到的那個妖怪洞府的大門一模一樣。

行止一笑：「看，出現了。」

沈璃斜了他一眼，跨步上前，手中銀槍已經緊握。「下次拔你自己的頭髮。」

心知此處必定是那什麼「浮生門」的老巢，沈璃半點沒客氣，一腳踹在朱紅色大門之上，兩扇大門劇烈震顫，但卻沒有打開。沈璃將法力灌入腳底，只聽「哐」的一聲巨響，兩扇大門打開，一股瘴氣撲面而來。白色的蝴蝶極為配合地自沈璃耳後飛過，飛得不復先前那般悠閒散漫，而是如箭一般直直地往門裡尋去，一路將瘴氣驅除得徹徹底底。

沈璃走在前面，她沒想到這城牆裡面，或者說依靠法術附著在城牆上的朱紅大門後竟是一個富麗如皇宮一般的地方。

自她闖入的那一刻起，便不停地有黑衣人從四面八方的牆壁裡如鬼魅一樣冒出來，欲將沈璃殺掉。而沈璃手中銀槍一揮，便是殺敵的招數，鮮血流了一地，沈璃面無表情地踩踏而過。

在她看來，令魔族蒙此誣衊和羞辱是不可原諒的。

一路毫不留情地殺敵，直至岔路口出現，沈璃隨手抓了一人，當著他的面，冷漠地將一個黑衣人自心口處扎穿。

法力震盪，自銀槍上祭出，逕直震碎了那人五臟六腑，讓他張大著嘴，在沈璃抓來的這人面前灰飛煙滅。

「說。」沈璃的聲音好似來自地獄，「主謀在何處？」

被抓的黑衣人渾身顫抖，終是抵不過心底恐懼，道：「右……右邊。」

「左邊是何處？」

「關押各地山神、地仙之處。」

沈璃放了他，卻在他逃離之前的最後一刻將他頭髮一抓，拽著他便往旁邊的石壁上一磕，磕得那人暈死過去。

其時，行止剛從後面跟來，見沈璃如此，他眉頭微皺：「嗜血好殺並非什麼好事，即便對方是妳的敵人。」

沈璃銀槍上滑落下來的血已經染紅了她的雙手，沈璃冷冷瞥了行止一眼：「不勞神君說教。此路左方乃是關押各處山神、地仙之處，沈璃法術不精，便不去了，神君且自行去救你們天界的山神、地仙們。待沈璃擒得此案真凶，還望神君在兩界聯審之時還魔界一個清白，休叫他人再胡言亂語。」

行止眉頭微皺，沈璃一轉身，往右方疾行而去。

行止望著她離去的方向許久，最後腳尖仍是沒轉方向，往左側行去。

越是靠近最後一個房間，前來阻攔的人便越多。當沈璃單槍刺破最後一道大門時，金光閃閃的大殿出現在沈璃眼前，她左右一望，殿中已是無人，她帶著戒備，小心翼翼地踏入殿內。

四周皆靜，連攔路的黑衣人也沒有了。

忽然之間，腳下一陣顫動，沈璃頭微微一側，三個如山般偉岸的壯漢從天而降。他們赤裸著上身，呈三角之勢將沈璃圍在其中，其面目猙獰，獠牙尖利如狼，眼底赤紅，儼然已是一副野獸的模樣。他們衝著著沈璃嘶吼，唾沫飛濺，滿身腥氣。

沈璃面上雖鎮定自若，但心底卻有幾分震驚。她從未見過這樣的對手，似人似獸，簡直就像是……人變成了妖獸的模樣。

四人僵持了一段時間，忽然，一個壯漢猛地撲上前來，沈璃舉槍一擋，槍尖逕直扎向那人眼珠。但那人卻不躲不避，伸手往槍尖上一抓，憑著蠻力將沈璃手中的銀槍握住，他的手也因槍刃的鋒利而被劃得鮮血直流，而他卻似沒感覺到一樣，嘶吼著往沈璃脖子上咬來。

即便是如沈璃這般喜歡在戰鬥中硬碰硬的人，此時都不由得一怔，鬆開銀槍往旁邊一躲。而另一個壯漢此時又從另一個方向攻來，沈璃一時不慎，後背被硬生生擊中，她往旁邊一滾，沒有一點喘息的時間，手指一握，本來被其中一個壯漢握住的銀槍再次回到沈璃的手裡。

三角之勢已破，大門在三個人背後，她被圍堵在大殿之中。

這三個人，極不好對付啊……

氣息在房中沉澱，沈璃冷眼打量著三個壯漢，她周身殺氣四溢，而那三個人張著血盆大口，獠牙尖利，黏膩的唾液不受控制地往下滴落。沈璃的目光落在一個壯漢的手上，方才他握了她的銀槍，被槍刃劃破了掌心，而此時，他掌心的傷口卻以肉眼可見的速度快速癒合……

簡直……與她在魔界斬殺的那隻妖獸蠍尾狐一樣，是怪物……

他們周身瘴氣一動，沈璃立即敏銳地判斷出三人欲攻上前來。她的銀槍一震，縱身一躍，一桿銀槍逕直殺向中間那人的天靈蓋，中間那人一聲嘶吼，像是根本不知道什麼叫躲避一樣，迎面而來，伸手便要抓沈璃的銀槍。此次沈璃有了戒備之心，豈會如此容易讓他抓住，當下在空中身形一扭，落在地上，甩身回來便殺了個回馬槍，欲斬斷那人雙腳，亂他下盤。

可沈璃如何也想不到，陪她戰遍四海八荒的紅纓銀槍在這全力一擊之下沒有如她所願地斬斷那人雙腳，竟宛如砍上了堅硬至極的精鋼鐵柱。只聽「噹啷」一聲，銀槍震顫，幾乎震裂了沈璃的虎口。她一個後空翻，退身到安全的地方，槍刃映著沈璃的半邊臉，她清晰地看見槍刃上豁了一個小口。

沈璃心中震驚，槍之一器善於刺，不善砍、斬這類的攻擊，但在沈璃的法力驅動下，數百年來這桿銀槍在她手裡能變幻出匪夷所思的用法，連槍桿也能橫斬首級，更別說鋒利的槍刃。而今天的撞擊卻讓她的紅纓銀槍豁了一個口……

沒給沈璃更多吃驚的時間，另外兩個壯漢從兩旁包抄而上，宛如野狗撲食，恨不能將沈璃撕成碎片。沈璃往空中一躍，欲倒掛在殿中房梁之上，以尋找攻下三人之法，但不承想她還沒躍起來，另一道身影就跳到比她高的高度，一掌從她頭上拍下。避無可避，沈璃頭微微一偏，抓住壯漢的手腕，五指用力，一聲低喝，灌注法力，只聽「咔嚓」一聲，她竟硬生生捏碎了壯漢的手腕骨！

壯漢仰頭嘶吼，胸前沒有防備，沈璃毫不猶豫，舉槍直刺他心口處，槍尖扎進他心口，堅硬的肌肉阻擋了武器的去勢。沈璃大喝，只見銀槍上光芒一盛，一聲撕裂的響聲之後，壯漢背後破出一道厲芒，鮮血在空中滴下，沈璃用力，將他一摔，槍尖拔出。壯漢如球一般狠狠撞在牆壁之上，擊碎牆上硬石，在牆上撞出了一個深深的坑，而他陷入其中，再沒了動靜。

解決了一人，沈璃已是氣喘吁吁。可還沒等她緩過氣來，又是兩道身影躍上半空，將她包圍於其中。沈璃舉槍擋住其中一人的攻擊，但另一人的巴掌正中沈璃後心，其力道之大，逕直將沈璃拍在地上，摔出了半人深的大坑。

兩個壯漢腳步沉重地落在地上，坑中塵土飛揚，看不見裡面的人影。兩人邁步走到坑邊，正在向裡面探望，忽覺其中紅光一閃，一人還未反應過來，只見厲芒逼至眼前。槍尖自其眼中穿過，逕直從他的腦後穿出。沈璃橫槍一掃，削掉他半個腦袋，壯漢如山的身子頹然倒地。

塵埃在沈璃身邊散去，她身上看不見什麼傷，但嘴角已掛著不少血跡，眼底似染了血一般猩紅一片，她目光森冷，抹去脣邊的血跡，輕聲道：「很痛啊。」剛才那一擊讓她每一次呼吸都如關節被撐斷一般疼痛。肉搏戰中，竟被三個不知名的傢伙逼至如此境地，沈璃目光一沉，踏步上前，眼底猩紅更重。「既然要戰，那便不死不休。」

僅剩的一個壯漢一聲嘶吼，聲音震顫大殿，致使殿中磚牆破裂。他渾身肌肉暴起，踩過地上那壯漢的屍體，逕直向沈璃衝著來。

沈璃不躲不避，預測了他行動的路線，縱身一躍，舉槍自壯漢頭頂刺下，欲刺穿他的頭顱。但不想這人動作竟比方才那兩人要快上三分，他抬手一擋，槍尖扎入他粗壯的手臂，他好像沒有痛覺一樣，隔開沈璃的攻擊，另一隻手直衝著沈璃的面門揮來。沈璃也不甘示弱，掌心凝聚法力，硬生生接下那人揮來的一拳，拳風震得沈璃鬢邊碎髮一顫，沈璃腿往上一抬，雙腿夾住那人的脖子，腰間使力，當空一翻，帶動壯漢的身子旋轉，她腿一使力便將壯漢甩了出去，壯漢逕直撞在天花板的一角，磚石掉落，出人意料的是，在那磚石之後竟是一間亮堂的屋子！

此時一人正站在破損的磚石旁，居高臨下地看著沈璃，他一身青袍，周身氣場詭異。撞進天花板上面屋子的壯漢甩了甩腦袋爬起來，那青袍男人使勁將壯漢一踹，壯漢便從那上方又掉落下來，摔起了一片塵土。

沈璃冷眼盯著上面那人，顏如修羅。「你便是那幕後黑手？」她銀槍一震，「陷害我魔族，有何居心？」

「陷害？」青袍男人站在陰影之中，沈璃看不清他的面容，只覺得他的聲音莫名地熟悉。「這可算不得陷害。」

沈璃眉頭一皺，剛欲上前將那人捉住仔細詢問，被他踹下來的壯漢忽然在角落裡站起身來，抖了抖身上的塵土，一聲大吼，又提起戰意，當真是如沈璃所說的「不死不休」。

「麻煩的人來了，恕我不能再看碧蒼王接下來的英姿。」那人身子一轉，側臉在光影中忽明忽暗。

沈璃緊緊地盯著他，腦海中忽地浮現出一個人的身影，沈璃只見過那人一面，但卻對他印象深刻，因為那人便是燒掉行雲院子的那個領頭將領，名字好似叫……

苻生！

苻生，浮生門……

但他明明是個凡人，為什麼會活這麼久！

沈璃心急欲追，而那壯漢卻猛地撲上前來，沈璃大怒，眼底凶光大盛：「煩死了！」只聽得這一聲低吼，槍刃擦過壯漢的雙眼，斷了他的視線。沈璃身形一躍，閃至被那壯漢撞出的磚石缺口，她欲擒苻生，苻生卻不慌不忙地一揮衣袖。

沈璃初始並未覺得不適，不過片刻之後，她只覺眼前一花，渾身一僵，身子不由自主地往後仰，直挺挺地往下摔去。那殿中的壯漢一躍而起，雙手握拳，如重錘一般重擊沉璃的腹部。

五臟彷彿被震碎了一般，沈璃重重地摔在地上。

壯漢與沈璃一同落在塵埃之中，在灰濛濛的塵埃裡摸到了沈璃的脖子，他探手抓住，粗暴地將她拎了起來，像是要掐死她一樣。

沈璃緊緊盯著苻生，只見苻生的身影漸漸隱去。沈璃身體之中的無力感更甚，內臟受了那般重擊，即便是沈璃，對這樣的疼痛也已有些承受不住，鮮血自她口中湧出，染了壯漢滿手。壯漢拎著她，勝利一般大吼。

「這是……在做什麼？」

一個森冷至極的聲音自大殿門口不緊不慢地傳來。

壯漢頭一轉，看見一個白色的身影站在殿門口。他一聲嘶吼，將沈璃像擲武器一般向門口那人擲去。

此時，沈璃已全然無法控制自己的身體，可她卻沒有遭到預料之中的撞擊，而是被一隻手在空中托住後背，隨著她來的力道，抱著她轉了一圈，將那些蠻力化去。待得沈璃看清行止的臉時，她已穩穩地躺在了他懷裡。

一身血染汙了行止的白衣。沈璃在此時竟有個奇怪的念頭，納悶她怎麼老是弄髒他的衣服……還好不用幫他洗，不然得比殺妖獸麻煩多少。

「妳受了多重的傷？」沈璃從未聽過行止的聲音如此低沉，其中隱含著憤怒。

沈璃搖頭：「幕後人……逃走……」

行止堅持問：「多重的傷？」

沈璃沉默，不是因為不想回答，而是因為實在說不出話了。她很想告訴行止，這樣的傷還要不了她的命，而現在抓住主謀的機會再難得到，不能錯過，此事關乎魔界和魔君的聲譽，她不想再聽到任何人對她家鄉和家人的詆毀……

行止握住沈璃的手腕給她把脈，忽然之間，一旁的壯漢不甘示弱地大吼一聲，直挺挺地衝著了過來。他沉重的身軀在地上跑動時發出的聲響，讓行止很難探出沈璃已經越發虛弱的脈搏。

行止頭一轉，望向衝著來的壯漢，面色如冬夜寒霜般冰冷。「滾！」氣息自行止周身擴散開，時光彷彿停止了流動，空中的塵埃也好似被定住一般，不再繼續飄動。壯漢以奔跑的姿態在空中停頓，周身凝結出細小的冰碴。

一字之威令幾乎要暈過去的沈璃看得愣神。

她恍然了悟，行止口中所說的「止水術」原來這般厲害。

行止握住沈璃的脈搏，極度安靜之下，沈璃幾乎能聽見自己心臟跳動的聲音……她太虛弱了，心跳的速度卻有些快。只是一點細微的變化，沈璃感覺到了，但她毫不猶豫地選擇忽略，而行止，甚至根本就不會感覺出來吧。

他只會覺得……她身體有問題。

「妳中毒了。」行止蹙眉。

沈璃在他漆黑的眼珠裡看見了自己烏青的臉和沒有血色的嘴。她虛弱道：「毒，傷不了我……主謀……」

她話音未落，房間裡似乎響起了一個吟咒的聲音，聲音從極小到極大，鑽進沈璃的耳朵裡，令她頭痛欲裂，沈璃不由自主地咬牙。行止見她臉色越發不對，心中不由得一急，問：「怎麼了？」

「聲音……」

行止面色更冷，顯然，這個聲音是針對沈璃而來。磚石在身後響起，行止微微轉過頭，看見一個被削掉半個腦袋的壯漢從廢磚石裡爬了出來，石壁上，被沈璃摔量在牆上的壯漢也掉落下來。這兩名壯漢皆是滿身鮮血，他們像聽從了誰的指揮，毫無意識地向行止走來。

沈璃見此情景，手指下意識握緊，欲起身再戰。肩頭卻被行止死死按住：「妳不想活了嗎？」他聲音冷厲，沈璃扯了扯嘴角：「就是因為想活。」

行止脣微抿，心底泛起一股遏制不住的情緒，他連頭也沒回，衣袖一揮，五指向著兩名壯漢的方向一收，宛如晨鐘大響，清天下濁氣，極淨之氣自他周身溢出，光芒刺目之時，周遭一切皆化為灰燼。

「我會讓妳活著。」

沈璃腦袋已經完全迷糊，心裡的話攔不住一樣呢喃出口：「以前……沒有哪個人是行止……」

按住沈璃肩頭的手指收緊，看著已經昏過去的人，行止漆黑的眼眸裡看不出情緒。

應該去追。行止清楚抓住這幕後之人的重要性，也知道沈璃必定也是希望他去將那人抓回來，還魔界一個清白。但是……他走不開。

看著懷中人蒼白的臉色，行止把住沈璃脈搏的手不由自主地收緊。這個女子，大概從來沒像女人一樣活過，不沾胭脂，不會軟弱，因為太強大，所以從來不會站在別人的背後，她就像她手裡那桿銀槍，煞氣逼人。如她所說，以前沒有誰是行止，沒有誰能將她護住，所以她總是習慣單槍匹馬，去戰鬥，去守護，去承擔傷痛，去背負本是男人應該背負的家國天下。

可就是這樣強大的沈璃，一旦脆弱起來，便更讓人心疼。像一隻貓懶洋洋地伸出爪子在心尖撓了一下，初時沒有察覺，待察覺之時，已是又疼又癢，滋味難言。

「真是個……麻煩。」空蕩蕩的房間裡只飄出這樣一句話。而那個人卻始終抱著懷裡的人，一動沒動。

廟裡，拂容君讓景惜做了自己的小跟班，在廟裡走來走去的，讓景惜幫他拎著根本用不著的藥箱。景惜道行不高，怕極了自己走著走著會不小心露出蛇尾，悄悄地喚了幾聲拂容君，拂容君才笑咪咪地轉頭來看她：「累啦？那歇會兒？」

景惜將藥箱遞到拂容君面前：「仙君，我很想幫你，可是我怕自己忍不住變回原形……」

「不會。」拂容君笑咪咪地圍著景惜轉了一圈，「本神君的法力已經通到妳身上啦！絕對不會讓妳化出原形的。」說著，他以手中破摺扇挑逗似地在景惜大腿上輕輕一劃，三分玩曖昧，七分占便宜。景惜臉頰微微一紅，不好意思地往後退了兩步。拂容君又上前一步，面上輕浮的笑容還未展開，一道身影驀地插到兩人中間，黑色寶劍往拂容君胸前一擋，將他推得往後退了兩步。

「仙君自重。」

景言只落了四個字，轉身將景惜手裡的藥箱往地上一扔，拽了她的手便往廟裡走。

拂容君臉色一青：「你的相好不是在地上躺著嘛！出來作甚！」

景惜聞言愣愣地盯著景言，只見景言微微轉頭，冷冷睇了他一眼：「我與施蘿姑娘並無私情，只是見她有幾分面善，便多照顧了一些，仙君莫要汙了施蘿姑娘的清譽。」他將景惜手一拽，面色有些不悅。「還站著幹什麼？想留下來？」

景惜立馬垂了腦袋，有些委屈：「好凶。」

景言眉梢微動，還未說話，忽聽廟門前面傳來嘈雜的聲音，他轉過牆角，看見行止抱著一個血糊糊的人疾步踏進屋來。遍了每一個人的耳朵：「拂容君何在？」

拂容君也看見了這一幕，神色一肅，疾步上前，跟著行止的腳步進了殿內。「這是怎麼了？」

景惜也好奇地探頭打量，景言回頭，正瞧見了她目光追隨拂容君的模樣。景言胸口一悶，身形一動擋住了她的視線。「還想讓別人占妳便宜？」

「仙君是好人……」

「閉嘴。」

見景言臉色難看至極，景惜嘟囔道：「我又沒做錯什麼……不開心，你就回去照顧地上那個姑娘去，為什麼老凶我。」

景言瞥了景惜一眼，有些不自在地道：「照顧施蘿姑娘只是……有些原因。」

景惜一扭頭：「反正景言哥哥你做什麼都是對的，有原因的，我做什麼都是錯的。」她轉身離開，獨留景言在原地愣神。

與此同時，在廟裡面，拂容君看見滿身是血的沈璃不由得吃驚道：「她怎麼會傷成這個樣子？」

行止沒有搭理他，只是把沈璃往地上一放，讓她躺平，然後握住她的右手，對拂容君命令道：「將她左手握住，施淨神術便可。」拂容君不敢怠慢，依言握住了沈璃的左手，卻在觸碰到她皮膚的那一刻又是一驚。

他只覺沈璃體溫極低，體內有一股莫名的氣息在湧動，像是與血融合在一起，讓人分不清她到底是中了毒還是中了咒術。拂容君嘴裡冒出了嘀咕：「不就離開這麼一會兒時間，怎麼會弄成這樣？若有什麼發現，待大家一起商量之後再去，豈不是更好？」

「她不會信任你。」

行止聲音極淡，話說出口的同時，心裡面也在想著，沈璃也不會相信他，不會相信天界的任何人。若不是實在傷重動不了，今日她怕是還得去追那幕後之人的，固執到了極致。

拂容君一咬牙，淨神術已經啟動，他嘴裡還是忍不住小聲埋怨道：「所以說誰敢娶這樣的女壯士回家啊！這種傢伙哪兒有半點嬌柔弱小惹人憐惜的女人味。」

行止淡淡地瞧了拂容君一眼。拂容君心道這婚是行止賜的，他那般說話定是讓行止心有不悅，他一撇嘴，下垂了腦袋，乖乖為沈璃療傷，不知廟裡安靜了多久，拂容君恍惚間聽到了一個十分輕淡的「有」字。

拂容君抬頭愣愣地望向行止，但見他面色如常，目光毫不躲閃，拂容君只道方才是自己耳朵出了問題，聽錯了。這個行止冷心冷情，連他姊姊洛天神女都不能讓他動心，他怎麼會憐惜沈璃這種女壯士。

沈璃的傷比拂容君想像的更為嚴重，即便是他與行止一起施淨神術，仍舊用了一個下午的時間才將沈璃身體中的氣息慢慢遏制住了。她周身的傷口不再淌血，臉色看起來雖然還是蒼白，但已經比剛被抱回來時的那副死人相要好看許多。

控制住了沈璃身體裡的氣息，拂容君長舒口氣，道：「神君，到底是什麼樣的妖怪能把碧蒼王傷成這樣？」在拂容君的印象裡，這個魔界的王爺簡直就是金剛戰士，打不壞摔不爛，突然露出這麼一面，讓拂容君有些措手不及。

「此次擄走山神、地仙的事只怕不簡單。」行止沉吟，「幕後主使尚未抓到，不知他還有什麼陰謀。沈璃傷重，體中又帶毒，不宜回魔界，所以待今夜歇後，明日一早你便先去魔界，告知魔君此間事宜，讓他有個心理準備，之後立馬啟程回天界，茲事體大，不得耽擱。」

拂容君一愣：「我？我去？」他有些不情願，「可是……好不容易才解決了揚州這些事，就不玩會兒……」

行止抬眼望著拂容君，倏爾一笑：「拂容君想如何玩？可要行止喚兩隻神獸陪陪你？」

養在天外天的神獸可不是什麼人都能招架得住的。拂容君立即搖頭：「我明日就走，可是揚州城裡的瘴氣以及這些吸了瘴氣的人怎麼辦？」

「瘴氣來源已被我斬斷，四方地仙也已經歸位，消除瘴氣只是早晚的事，至於這些病人，我自有辦法。」行止看了看沈璃的臉色，「這裡已經沒什麼事了，你去收拾一下，明日便走。」

拂容君撇了撇嘴，有些不高興地應了聲「知道了」，他轉身出屋，外面傳來他尋找景惜的聲音。

「捉住……」躺在地上的沈璃氣弱地吐出這一句話，雙眼吃力地睜開，她的神志已經清醒了。行止將她扶起，讓她靠在自己身上，給她擺了個舒服的姿勢。「哪裡還有不適？」

沈璃緩了一會兒，倏地雙眸微亮，拽住行止的衣服問：「苻生，抓住了沒？」

「苻生？」

「當年燒了行雲院子的那個傢伙。」沈璃咬牙，「當初沒覺得有什麼不對，現在仔細想想，那個晚上發生的事情太過集中了。他燒了行雲的院子，咱們一去睿王府，小荷便莫名地知道了睿王隱瞞她的那些事，當時我確有感覺到一股隱隱約約的魔氣，卻沒有細究……」知道那人身上確有魔氣，沈璃只道是同族的人私下在進行什麼動作。「現在他又抓山神、地仙，造出那樣的怪物，混帳東西，不知是從哪裡跑出來的小兔崽子，竟敢背著魔界行如此惡事，待我捉住他……咯……」

行止目光微沉，不知想到了什麼，拍了拍她的背。「先養傷，別的稍後再說。」

沈璃緩了一口氣，這才反應過來自己被行止抱在懷裡，她有些不自在地扭了兩下：「讓我躺地上就好。」行止像沒聽到一樣，抱著她沒動，一股涼涼的氣流從她掌心流進身體裡，沈璃知道他還在給自己療傷，便乖乖地倚在他懷裡沒有動。

「我中的這毒難解嗎？」

「有些困難。」行止的聲音淡淡的，雖說的是困難，但給人的感覺卻是輕輕鬆鬆，沈璃也沒有多在意：「我們大概什麼時候能回魔界？」

「緩緩吧。」行止的聲音帶了幾分恍惚，「待我將消解瘴毒之法教給該教的人。」

今夜瘴氣漸消，拂容君撤了結界，將景惜帶去房頂坐著。「想看星星嗎？」

景惜眨巴著大眼睛望他：「可以嗎？」

拂容君勾唇一笑：「妳想要的，我都可以給妳。」言罷手一揮，好似清風拂過，景惜頭頂的那一片天空瘴氣全消，露出了璀璨的星空。景惜驚訝得張開了嘴：「真的出現了，好漂亮。」

拂容君深情地望著景惜：「在我眼裡，妳的眼睛與星空一樣美麗。」景惜愣然地轉過頭來，拂容君緊緊盯住她的眼眸，脣慢慢往她的脣上印去。

「景惜！」一聲厲喝夾著控制不住的怒氣，震人耳膜。

景惜立馬轉過頭，看見下面的景言，還沒來得及說話，便聽拂容君怒道：「怎麼又是你！」

景言目光森冷，如箭一般扎在拂容君身上。拂容君是個欺軟怕硬的主，知道這傢伙打不過自己，頂著他要殺人的目光，將景惜的手一牽：「他總是對妳那麼凶，我們不理他。」

景惜卻往後一縮，抽回了自己的手。「我……我還是下去……」

拂容君把嘴巴湊到景惜耳邊小聲道：「我知道妳喜歡他，但是他之前為了另一個女人對妳那麼凶，妳不讓他吃一下醋，緊張一下，他會把妳吃得死死的。」拂容君笑著對景惜眨了眨眼：「相信我沒錯，本仙君可是情聖呢。」

景惜愣愣地望著拂容君：「仙君……是在幫我？」

「沒錯，不過我可是要報酬的，妳得親親我。」

景惜臉驀地漲紅，連忙擺手：「使不得使不得。」

拂容君哈哈一笑：「逗妳可真好玩。」言罷，他將她腰身一攬，身形一轉便沒了人影。

下方的景言愣然了一瞬，巨大的憤怒湧上來之時，還有一股遏制不住的恐慌在心裡撕出了一個巨大的口子，像是與他一起長大、一直屬於他的這個姑娘被人偷走了一樣，讓他抑制不住地驚惶。

第十二章

醋意蝕骨

沈璃恢復的速度極快，第二天早上身體便好了許多。

她睜開眼，環視四周，景言在意的女子已經醒了，靜靜地坐在牆角，見沈璃望向她，她點頭招呼，沈璃亦回了個禮。沈璃目光一轉，看見行止倚著廟中柱子閉目休憩，陽光從破陋的窗戶紙外透進來，有一星半點落在行止臉上，讓他看起來閒散靜好，恍惚間沈璃彷彿又看見了那個在小院葡萄藤下坐搖椅的凡人。

沈璃閉了眼，靜了一會兒，拋開腦海裡所有思緒，待她再睜眼時，卻不想正對上行止初醒的眼眸。「身體可有好點？」

「嗯……」沈璃移開眼神，眨巴了兩下眼睛，倏地站起身，推開廟門，晨光鋪灑了她一身。天上的瘴氣已消退得差不多了，風中雖還有些氣息殘留，但已比之前好了許多，沈璃深吸一口氣，陽光雖襯得她面色蒼白，但也令她眼中的光亮極為耀眼，她脣角一揚：「此次雖然沒捉住主謀，但能換得此間安寧，也算有所收穫。」

行止倚著廟中柱子睡了一晚，肩背有些僵硬，他一邊揉著胳膊，一邊嗓音微啞著道：「在我看來，王爺不過是智謀不夠，命來湊。」

沈璃一挑眉，回頭看他。「說來也奇怪，在遇見神君之前，沈璃不管是上戰場殺敵，還是私下裡鬥毆，可都沒傷得這般重過。偏偏遇到神君之後，逢戰必傷，每傷必重。」她話音一頓，揶揄道：「若再這樣下去，沈璃哪一日死在戰場上也說不定，到時候，神君可得拿命來賠。」

行止一笑：「無稽之談。」

沈璃在逆光中轉頭看他，帶幾分玩笑的語氣說：「神君這是捨不得自己金貴的身體吧。」

行止站起身來，一邊拍自己的衣襬，一邊漫不經心地說：「若有那麼一天，行止拿這條命賠妳便是。」

沒想到他真會說出這樣的話，沈璃一怔，定定地望了行止許久，倏爾轉頭一笑，搖了搖頭，什麼話也沒再說。

「啊！」廟外突然傳來一聲驚呼，沈璃聽出那是景惜的聲音。靜靜坐在牆角的施蘿神色一動，微微探身往外看去。沈璃眉頭一皺，邁步往那邊走去，還沒走近便聽見一陣嘈雜，是許多圍觀之人的竊竊私語，還有景惜著急的聲音：「景言哥哥！你在做什麼！」

沈璃擠進人群，往裡一看，見拂容君摔坐在地上，他的表情不見窘迫，倒有些奸計得逞的得意。反而是景言，雖然站著，一身殺氣洶湧，但面色卻微帶憔悴，目光狠戾地盯著拂容君，好似恨不能將他殺而後快。

景惜往拂容君跟前一擋，眼中盡是不滿：「景言哥哥太過分了！」

景言面色更冷：「閃開，今日我必除了他不可。」

拂容君說著風涼話：「小惜，妳哥哥好厲害啊。」

一看這情景，沈璃不用想也知道是怎麼回事，當下冷了臉色上前兩步，一腳踹在拂容君屁股上：「裝什麼？起來，又在禍害人！」

拂容君挨了一腳，轉過頭剛想發脾氣，但見來人是沈璃，心裡的惱怒瞬間變成了驚嘆：「壯士！恢復得可真快。」見行止也慢慢走過來，拂容君一聲輕咳，站起身來，衝著圍觀的人擺了擺手：「別看了別看了，都回自己的地方待著去。」

人群四散而去，有一人卻靜靜立著沒有動。景惜看見施蘿，表情僵了一瞬，默默地垂下腦袋。景言見她這個反應，便也向施蘿那兒看去，但見施蘿臉色蒼白地在那方立著。景言一怔，臉上的憤怒稍稍一收，有些不自然地握緊了拳頭。

行止緩步踏來，淺淺一笑：「拂容君這場戲散得可真早，行止還什麼都沒來得及看到呢。」

拂容君一撇嘴：「行止神君昨日下了趕人的命令，拂容自是不敢耽擱半分的。這便打算回天界了。」

「想走？」聽出拂容君言下之意，景言心底的怒火又被撩起。他忽然拔劍出鞘，直向拂容君刺去。景惜急得不管不顧地往拂容君跟前一擋，厲聲道：「你到底要做什麼！」

劍尖在景惜胸前一轉，在空中劃出了一道弧線，劍被景言大力地扔到了一邊，金屬撞擊地面的清脆聲音挑動景惜與施蘿的神經。景惜愕然地看著一向冷靜克制的景言，他彷彿再也隱忍不下去了一般，瞪著她，怒道：「與一個莫名其妙的男人在一起徹夜未歸！妳道我是要做什麼！」

景惜一愣，呆了半晌才道：「仙君只是帶著我去看了一晚上星星……」

景言臉色鐵青，沈璃瞥向一旁的拂容君，目帶懷疑：「當真？」

拂容君伸出手指立誓一般道：「自然當真。」他轉而瞟了景言一眼。「你這麼大火氣，莫不是找了一宿找不到人，醋意蝕骨，忍不住了吧？」

景惜眼眸微微一亮，目帶希冀地望向景言，景言眸底的光暗了一瞬，轉而瞥了施蘿一眼，卻一直沒有開口說話。景惜眸中的光便在期待之中慢慢暗淡了下去，她突然很想開口問，他說在意施蘿姑娘是有原因的，那這個原因到底是什麼？

正當場面靜默之時，行止突然插進話來：「這眉來眼去的一場戲看得我好生頭暈。與女子相處太過勞累，景言公子可有興趣與行止走走？」聞言，眾人愣然地望向行止，行止一笑，「別誤會，只是想走走而已。」

廟外荒樹林中一個人都沒有，因為瘴氣初退，連天上飛鳥也沒有一隻。在寂靜的林間走了一會兒，離寺廟漸漸遠了，沉默了一路的行止才道：「景言公子師從道門，可有習得一些法術？」

景言一默：「說來慚愧，我自幼跟隨師父，但卻沒有學會半點道法，師父說我天分不在此，所以只教了我一些武功。」

行止沉默地走了兩步：「我有一術欲教與景言公子。此法可驅除人體中瘴毒，不知景言公子可有興趣？」

景言一愣：「自是想學……可是我……」

「你若想學，那便一定能學會。」行止頓住腳步，手臂輕抬，在景言額上輕輕一碰，光華沒入他的額頭，只見景言眼中倏地一空，那道光華在他周身一遊，隨即消失於無形。

景言眼底閃過一道光亮，待眸中再次有神時，他的瞳色已變成了銀灰色，添了幾分令人肅然起敬的冷然。

行止唇角的弧度輕淺，但卻是極為舒暢的微笑：「清夜，好久不見。」

「吾友行止。」景言一聲喟嘆，聲調卻與方才大有不同，「我本以為，我們再無相見之日。」

「若不是兩世皆遇見你，我亦是不知，這便是你的轉世。」行止搖頭，「天道之力，便是我以神的身分活到現在，也無法窺其萬一。能找到你，全屬緣分了。」

清夜苦笑：「以前不知，所以輕狂。而今世受天道所累，方知即使你我，也是塵埃一粟，再強大，都不過是天賜福分，它說要收回，誰也沒有反抗的餘地。」他一嘆，「吾友行止，此時你喚醒我的神格，非天道所授，不可為之啊。」

「我不會做多餘的事，不過通通你的經脈，讓今世的你習得消除瘴氣的法術。」行止一默，「也開開天眼，讓你看看你生生世世尋找的人今生到底投作了誰，別又入了歧途，錯許姻緣。」

清夜一愣，笑道：「你倒是……比從前愛管閒事了一些。對神明來說，這可不是好事。」

行止笑了笑：「另外，我還有一事欲問你。苻生此人，你可還記得？」

清夜略一沉吟：「有幾分印象，身為睿王之時，我早年被皇太子謀害過，而後聽說那計謀便是此人獻的。後來你也參與過睿王與皇太子的皇位之爭，應當知曉苻生那人在其中起了多關鍵的作用，我猶記得是將他處死了。」

「這一世你可有覺得誰與那人相像？」

「這……」他琢磨了半晌，「確有一人，此生景言乃是孤兒一名，父母皆在幼時遭難。景言過了兩年被監禁的日子，後來在一名女童的幫助下逃出生天，遇上了景惜的父母，而那名女童卻沒了下落。細想下來，害景言父母之人，的確與苻生有幾分相似。」

行止靜默，微冷的目光中不知沉澱了什麼情緒，待他回過神來，景言眼眸中的銀光卻在漸漸消散，只聽得清夜道：「你的神力約莫只能堅持到這裡了。此一別不知何時再能相見，吾友，保重。」

行止眼眸一暗，卻還是笑道：「嗯，保重。」

光華褪去，景言倏地身子一軟，單膝跪地，行止將他手臂扶住：「試試碰一碰土地。」哪兒還用行止交代，景言因為身體太過無力，另一隻手撐在地上，他只覺掌心一熱，待回過神來，竟發現面前這塊土地已經被淨化得比周圍的土地要乾淨許多。「這……這是？」

「淨化術。」行止道：「能力初顯，身體有些不適是正常的，你且回去歇著，不日便可為大家消除瘴毒了。」

景言驚奇極了，緩了一會兒，身體能站直了，他一刻也不肯耽擱，趕回了廟裡。見他身影消失，行止撿了顆石子，隨手往身後的枯木上一擲。

「還要尾行多久？」

沈璃從樹幹後面慢慢繞了過來，清了清嗓子：「我散步而已。」

行止失笑：「如此，便陪我再走走吧。」

林間樹無葉，一路走來竟如深秋一般使人心感蕭瑟。

沈璃斜眼瞧了行止幾眼，嘴邊的話還是沒有問出來。行止走著走著，啞然失笑：「這麼猶豫的表現，可不像我認識的碧蒼王。」

被點破，沈璃也不再掩飾，直接問：「天界的事我雖不甚瞭解，但也知道，這天上天下也就剩你一個神明了。方才那景言又是怎麼回事？」

「現在只有我一個沒錯，可是在很久以前，天外天住著的神，可不止我一個。」行止的目光放得遙遠，幾乎找不到焦點，「因為太久遠，不只對你們，甚至對我自己來說，那都是遙遠得無法追溯的事了。」他脣邊的笑弧度未變，可卻淡漠至極。「景言是上一世的睿王，也是我曾經的摯友，名喚清夜，銀髮銀瞳，當初他可是豔絕一時的天神。」

沈璃側頭看了行止一眼，他的側顏即便她看了那麼多次，也還是覺得漂亮得令人嫉妒，沈璃不由得脫口道：「與神君相比呢？」

行止一側頭，輕輕瞥了沈璃一眼，脣邊的笑有幾分醉人。「自是我更美。」

他這話中的自滿與自誇不令人反感，反而讓沈璃勾脣一笑：「我也是如此認為的。」沈璃如此坦然誇獎他的容貌，倒讓行止有一分怔然。沈璃卻沒在這個話題上繼續停留，接著問：「之後呢？你的摯友為何不是神明了？」

「因為他愛上了一個凡人。」行止神色依舊，眸中的光卻有幾分暗淡，「他動了私情，為救凡人，逆行天道，神格被廢。」

沈璃一愣：「還有誰……能處罰神明？」

「神乃天生，自然受天道制衡。如此強大的力量若淪為私用，這世間豈不亂套。」他轉頭看沈璃，「天外天並不比世間其他地方逍遙多少。」行止腳步未停，邊走邊道：「清夜被貶到凡間。生生受輪迴之苦，世世與愛人相誤。」

沈璃想到前一世的睿王，不管他想要的女子到底是誰，他終究是將兩個女子都錯過了，而這一世的景言，身邊亦是出現了兩個人……沈璃心中疑惑：「他喜歡的人到底投胎成了誰？」

「或許只有每一世的最後，他與愛人相誤時，才能有所定論吧。」

沈璃沉默。

「不過，我方才喚醒了他的神格，通了他一絲神力，或許他會發現一點蛛絲馬跡吧。但到底會成何種結果，皆看造化。」行止望天，「也盼天道，莫要太過趕盡殺絕。」

沈璃沉默了半晌卻道：「不對。」她腳步一頓：「我覺得對事情何不看得簡單一點，雖說清夜如今是沒了神格，但並不代表上天時時刻刻都在干擾他的生活。上一世他是睿王，與他的王妃生死與共，自然心裡是愛王妃的。可這一世他是景言，他與景惜一同長大，很明顯現在他心裡是有景惜的。上一世和這一世不是絕對關聯的，他的命運乃是三分天造七分人擇，怪不得宿命。」

行止也頓下腳步回頭來望她：「妳這番話倒是新鮮。不過不管再如何說，景言這一世的磨礪必定與情有關，這是妳我都插手不了的事，我們的熱鬧也只能看到這裡了。」

沈璃一默，不再糾結這個話題，轉而道：「你既然說清夜被廢了神格，那方才你又是如何喚醒他的神格的？就不怕也遭了天譴？」

「清夜雖是被天罰，但並非犯了罪大惡極的過錯，所以現在雖為凡人，身上或多或少也帶著幾分神氣。只是他在人界待得太久，那絲氣息連我也不曾察覺。多虧妳上次那句重複宿命的話點了我一下，這才讓我心中有了猜測，仔細一探，果然如此。我這才施了法，勾出他體內的那股氣息。但氣息太弱，連他從前力量的萬分之一也不及，不過解這些人身上的瘴毒倒是夠用了。」他一頓，笑道：「至於天譴，一星半點的小動作，倒是勾不出天譴的。」

那要什麼樣的大過錯……話到嘴邊，沈璃將它嚥了下去，方才行止不是說了，清夜是因為動了私情啊……

她恍然想起在魔界時，她微醺夜歸的那個晚上，行止笑著說：「神，哪兒來的感情呢。」她這才知道，神不是沒有感情，他們是不能動感情。

見沈璃沉默不言，行止一笑，掩蓋了眼眸裡所有的情緒。「走得差不多了，咱們回吧。」

是夜，月色朗朗，揚州城在劫難之後第一次點燃了燭燈，雖然燈火不比往日，但也稍稍恢復了幾分往日的人氣。

拂容君已經乖乖去了魔界報信。聽說他走之前又讓景言好好吃了一番醋，沈璃估計著，那拂容君心裡，只有一分是真心想幫景惜那個笨丫頭，其餘的心思皆是想占人家姑娘的便宜。偏景惜把拂容君的話當真，知道他走了，好生難過了一陣。而且不只是景惜難過，廟裡好些見過拂容君的姑娘知道他走了，皆是一副嘆斷了腸的模樣。

沈璃看在眼裡，對拂容君更是氣憤。那傢伙在魔界對墨方下手不成，轉而又到人界來勾搭姑娘，他對人對事，哪兒有半分真心。

「好色花心之徒，到哪兒都改不了本性。」沈璃對拂容君不屑極了，行止剛給一個中年人驅除了瘴毒，一站起身便聽見沈璃這聲低罵。他轉頭一看，只見街對面幾個才病癒的女子在搶奪一塊白絹帕子，仔細一看，那是天宮上織雲娘子們的手藝，能留下這種東西的人必定是拂容君無疑。

「人走了，東西還在禍害人界。」沈璃想想便為這些姑娘感到痛心，「蠢姑娘們！除去城中瘴氣這事分明與那草包半分關係也沒有！」

行止聞言低笑：「王爺這可是在為拂容君搶了妳的鋒頭而心懷怨恨？」

「魔界不比天界逍遙，因常年征戰，賞罰制度可是很分明的，誰的功勞便是誰的功勞，不會落到別人頭上去。」沈璃好面子，心裡又有點虛榮。她此生最享受的便是敵人倒在腳下的感覺，還有將士們和百姓們擁戴她的歡呼，而這次兩個都沒得到，沈璃難免覺得不滿。「替你們天界辦事，勞心勞力中毒受傷不說，事情結了，功勞還是別人的。你們天界的人倒是都大度！」

行止失笑：「王爺的功勞行止記在心裡，必定告知天君，讓他好好賞你。」

「別的賞就免了。」沈璃斜眼瞥行止，「能廢了我與拂容君的這門親事，天界便是再讓我去殺十頭妖獸，我也是願意的。」

行止沉默了一瞬，還沒說話，其時，天空忽然一片斑斕，緊接著，一個爆破的響聲震動整個揚州城。行止一笑：「沈璃，轉頭。揚州城開始放煙花了。」

沈璃一轉頭，大街的另一端，有一大堆人聚集在一起放煙花，五彩繽紛的煙花在天空綻放，映得空中流光溢彩，極為美麗。伴隨著煙花綻放的聲音，整條大街像過年一樣熱鬧起來。家家戶戶皆推開了門，人們漸漸走到了大街上，驅散了揚州城中的死氣沉沉。

方才被行止治癒的中年人咳嗽了兩聲，點頭道：「新日子，迎新日子囉。揚州城這才有點人味啊！」

耳邊的聲音漸漸嘈雜，隨著一朵朵煙花的綻放，揚州城這條中央大街上越來越熱鬧，人們跟著煙花綻放的聲音歡呼。沈璃愣愣地看著那些煙花，心裡竟莫名地有幾分感觸，明明這只是人界而已，但這些人對未來的期望、對好日子的期盼，和魔界的族人沒什麼兩樣，他們的願望質樸而真實。

「走吧。」行止道：「我們也去湊湊熱鬧，除除霉氣。」

沈璃沒動：「煙花在天上炸，哪兒能炸掉人身上的霉氣，讓他們熱鬧就……」

手腕被溫熱的手掌抓住，沈璃的身子被拉得一個踉蹌，行止不由分說地拽著她便往前走。「入鄉隨俗。難得能體驗一下人界的群體活動，他們在迎接新生活，這生活是妳給的，妳便當他們是在謝妳好了。」

「等……」

哪兒還聽沈璃說話，行止拉著她一頭扎進了吵鬧的人群，離煙花越近，爆裂的聲音便越震耳，人們的歡呼聲便越發響亮。大家臉上都洋溢著快樂與希望，在絢爛煙花的映襯下，每個人的眼睛裡都裝進了千百種顏色。

前面拽著她手的男子信步往前走著，帶她在擁擠的人群裡穿梭，分享他們的歡樂，煙花的絢麗在他的白衣上映出各種色彩，讓他根本就不像一個真實的人。她忽然手指使力，將行止拽住，此時他們正站在人群中間，四周歡呼聲不斷，沈璃湊到行止的耳邊大聲道：「你太漂亮了！不要走在我前面！」

因為她看見了他，就再也看不見別的色彩了。

行止側過頭靜靜看了沈璃一會兒。「沈璃。」他的口型是這個樣子，但他的聲音卻被淹沒了，沈璃耳朵湊近，大聲道：「什麼？我聽不清！」

行止張了張嘴巴，似乎說了句什麼話，但沈璃還是沒聽見。她疑惑地望他，顯然行止不願意再說第二遍了，只是摸了摸她的腦袋，輕輕一笑，繼續走在她前面。

沈璃腦海裡一直在重複他方才的口型。一個字一個字地仔細想，待得想通，周圍的嘈雜皆空。她好似聽見了他輕淺的嗓音柔聲說著：「我在前面才能護著妳。」

煙花綻放得絢麗，在破廟之中，施蘿披著披風倚牆站著，仰頭望著遠處的煙花，眼睛裡被暈染出了繽紛的顏色。

「傷還沒好全吧？」景言的聲音從一旁傳出，「還是先進屋……」

「景惜姑娘呢？」施蘿輕聲道：「你還是別和我單獨待在一起了，她見了會不高興。」

景言一默，忽然話題一轉，道：「幼時我曾許妳白頭偕老，承諾日後會照顧妳一輩子，但是那時……」

「那時咱們都還小呢。」施蘿一笑，「孩童說的話怎麼當得真？當初我救你一命，如今你救我一命，已是兩兩相報了。景言公子現在……是喜歡景惜姑娘的吧，她也挺喜歡你，施蘿不會那麼不識趣，還拿幼時的約定來強迫你，能再遇見，已是施蘿的福氣了。」

揚州城的煙花和人們的歡笑好像離他們很遠似的，施蘿對景言輕輕一矮身：「公子慢走。」

景言靜了半晌，只道：「抱歉，此生景言心裡已住進了一個景惜，耽誤了姑娘……」

「未曾相許何談相負。公子走吧，景惜姑娘現在估計正在找人陪她看煙花呢。」

未再猶豫，景言點了點頭：「告辭。」

目送景言漸行漸遠，施蘿有些出神地摸著自己的左手虎口，那裡有朵荷花一般的印記，每次看見景言的時候都會灼熱發痛，像是提醒著她，有什麼事情還要繼續下去……

比行止估計的速度還要快上幾天，沈璃身上的傷已經痊癒得差不多了，只是身體裡的毒還未徹底消除。行止欲讓她在人界多待些日子，待餘毒消除之後再回魔界，沈璃卻坐不住了，害怕魔君知道此間事宜之後有什麼安排，找不到人手。

行止只好隨沈璃急匆匆地趕回魔界。

哪承想他們回到魔界的時候，得知拂容君竟還在魔界待著，他一回魔界便又開始黏著墨方，跟著墨方四處走，時而有礙墨方的公務。沈璃聽得咬牙，只想將那傢伙打成痴傻，叫他再也不能去煩人，而此時待在魔界的仙人卻不止拂容君一個。

——洛天神女。

她自然不是真正的神女，這只是天界給她的封號，她是拂容君的姊姊，天君的親孫女，喜歡行止的女子……

這最後一條，沈璃沒有從別人的嘴裡聽到。她本來是不知道的，但是當她與行止在魔界議事殿裡與這位神女相遇之後，沈璃不得不說，她一眼就看出來了……

「這是碧蒼王沈璃。」魔君剛給神女做完介紹，沈璃還沒來得及點頭示意，神女施施然地向行止行了個禮，逕直問：「不知神君為何會與碧蒼王同行？」

這個問題沈璃自然不會傻得去答她，只與她一同望著行止，看他能不能說出朵花來。行止淡淡笑了笑：「不過同歸，有甚奇怪？」

神女一臉嚴肅：「而今碧蒼王已是我王弟註定的妻子，神君與其同行恐有不妥。」

說到這份上，行止也不再顧左右而言他，他解釋：「我本是不會與碧蒼王一起出現的。前段時間我本打算在回天界之前四處遊歷一番，但忽見揚州城瘴氣四溢，我好奇前去探看，這才在城中偶遇尋找拂容君的碧蒼王。瘴氣一事牽連甚大，所以我們便結伴調查，後來的事，拂容君應當有說與你們知曉。碧蒼王中了些許瘴毒，不宜回魔界，所以我便著拂容君先行前來告知消息，我則助她驅除毒氣，這才耽擱了回來的時間。」一番話真真假假，說得自然，也不怕當事人就此戳破他。行止望著神女輕輕一笑，目光深邃：「如此，神女可還覺得有何不妥？」

神女被看得臉頰微微一紅，連忙轉了頭：「神君行事自有分寸，是幽蘭多言。望神君恕罪。」

美色……果然好用。

沈璃如是感慨，但心中卻有幾分不屑，鼻下微微一嗤，扭過頭去。行止瞟了沈璃一眼，笑了笑，繼續問幽蘭：「神女此來所為何事？」

「是為送百花宴的請帖而來。」幽蘭答：「三百年一次的百花宴，下月十八便要開了，王母著我送帖與魔君，邀魔君赴宴。」

行止點頭：「妳不說我都險些忘了此事。」

幽蘭垂眸一笑：「神君忘了也無妨，不日幽蘭自會請命去天外天，為神君送帖。」

「魔君。」沈璃一聲冷硬的呼喚，打破房內莫名粉紅的氣氛。「關於人界揚州瘴毒，沈璃還有正事要稟告。請問魔君，此間閒事可有了結？」她直直盯著魔君，言語卻刺得幽蘭斜眼將她一瞥。

幽蘭矮身行了個禮：「如此，幽蘭便先告辭了。」她翩然而出，闔上門前，眼睛還婉轉地瞥了行止一眼。屋子裡一靜，沈璃的目光轉而落在行止身上：「神君不走？我魔界政事，你也要探聽？」

行止眉梢微動，對沈璃隱忍半天而發的火氣不覺生氣，眼眸裡倒含了幾分笑意：「不走，我先前說了，揚州瘴毒一事牽連甚大，自然得留下來聽一聽。」

沈璃還要趕人，魔君一擺手：「魔界之事不敢瞞於神君，沈璃，說吧。」

沈璃只好忍下火氣，調整了語氣對魔君道：「此次瘴毒一事，拂容君怕是稟報不全。在發現賊人老巢之前，我們發現各地山神、地仙相繼消失，他們皆是被賊人擄去，不知賊人捉了他們要作甚。而後他們皆說捉他們的人身帶魔氣，懷疑是魔界之人。我與那賊人交手之時也察覺他身上帶有魔氣。我知道那人名喚苻生，魔君，你可知道，魔界什麼時候有過這樣一個人？」

「苻生……」魔君聲音略沉，他沉吟了半晌，「倒是沒聽過這麼一個人，魔力可還強盛？能致使妳重傷，應該不簡單。」

沈璃搖頭：「傷我的並非苻生，而是他造的幾隻怪物，似人非人，像是妖獸，頭腦卻還有些理智。那三隻怪物力量極大，且善配合，最後死了也能聽從命令復活。」想到那個場景，沈璃不由得皺了眉，「這樣的怪物只有幾隻還好，若是造出了成百上千隻，只怕不妙。」

她的話讓魔君微微一驚。「造出來的？」他指尖在桌子上叩了兩下，「造出來的……」

行止望著魔君：「魔君可有想到什麼？不妨直說。」

魔君一怔：「不……沒什麼。」

他頓了一會兒：「可還有別的情況？」

「多的倒是也沒有，光是這幾點便令人不得不防。」

魔君點頭：「我自會命人先去人界查探。妳與神君這一路應該也累了，不如先回去歇一歇。這事也是急不來的。」他語氣稍緩，抬手摸了摸沈璃的腦袋，「先把身子養好，近來妳就沒消停過一會兒。」

沈璃乖乖任由他揉了兩下。「魔君也莫要過於憂心，若賊人敢針對魔界行不軌之事，沈璃必叫他哭著回去。」

魔君一聲輕笑，搖了搖頭：「回去吧。」

出了議事殿的門，走在長廊上，行止轉頭看了沈璃一眼，她頭頂被魔君揉亂的頭髮還翹著，行止語氣淡淡的：「魔君是真心疼你。妳待魔君倒也尊重。」

「我是魔君養大的，他待我一如親子。」沈璃靜靜道：「對我來說，魔君亦師亦父，朝堂上他是我最敬重之人，私下裡他是我最親近之人。所以，不管是為了我自己還是為了魔君，我都得將魔界好好守著。」

沈璃活著的所有理由都是她要守著魔界，這是她的使命，而一個使命一旦執行久了便成了她的執念。

行止側目瞥了沈璃一眼，沒有說話。

議事殿中，魔君靜靜地坐了一會兒，青顏、赤容的身影出現在他跟前，兩人皆單膝跪著。魔君淡淡開口：「方才碧蒼王提到的苻生一事，先前為何沒有消息？」

青顏和赤容對視一眼，青顏道：「君上恕罪，此事確實無人上報。」

「捕捉山神、地仙如此大事竟避得過外界眼線，不簡單哪……」魔君修長的手指在桌子上敲了敲，「你二人親自去查。」他目光森冷。「若捉到苻生其人，不必帶回，就地斬殺，休叫他人知曉。」

二人一驚，赤容抬頭望向魔君：「可天界……」

「我自會找理由搪塞過去。」魔君揮了揮手，「去吧。」

「是。」

青顏、赤容二人身影消失，魔君往椅背上一靠，面具後面的目光冷酷似冰。

沈璃在出宮的路上撞見了幾位剛入宮的將軍，幾人聊得開心，行止便告別了她，自己先走了，沈璃問到邊境情況，一位才從墟天淵那邊回來的將領笑道：「是比都城還要乾淨幾分，那些小兔崽子現在都巴不得去邊境當差呢。」

沈璃聽得開心，轉而想到了另一個人，問：「墨方將軍現在何方？」上次他踢了拂容君，魔君說要罰他，這次回來還沒見墨方身影，不知被魔君罰去了哪裡，沈璃難免關心一下。

她這話問出口，幾位將軍對視一眼，忽然笑開了：「方才看見天上來的那神女將他喚去了花園，不知要聊些什麼呢。」

沈璃一愣，那洛天神女將墨方叫了去？她告別了幾人，腳步一轉，也去了花園，若沈璃想得沒錯，洛天神女找墨方談的應該不是什麼風月美事……

「將軍英氣逼人，著實讓幽蘭敬佩。這些日子，幽蘭也聽說了，我那不成器的弟弟給將軍找了不少麻煩。」還未走近，沈璃便在樹叢這頭聽見了幽蘭的聲音。「幽蘭在這裡給將軍賠個罪。」

「神女客氣。」墨方跟在幽蘭後面兩步遠的地方，抱拳道：「賠罪不用，若神女能勸得拂容君早日回天界，墨方自當對神女感激不盡。」

幽蘭腳步一頓，微微轉頭看了墨方一眼。「這是自然，只是我那弟弟雖然平時對女人是主動了點，可是對男子如此可不大常見，人界說蒼蠅不叮無縫的蛋，幽蘭只盼將軍舉止也稍檢點一下，莫要再讓吾弟……」

拂容君在他姊姊的眼裡，竟是個男女通吃的角色……沈璃感慨，走上前去，道：「神女誇獎了，妳那弟弟哪兒是蒼蠅。沈璃覺著，他約莫是蚊蟲一隻，見人便咬，逢人便上前親出個紅疙瘩，躲也躲不了。」

墨方一見她，眼眸微亮，方要行禮，沈璃將他往身後一拉，在他身前一擋，盯著幽蘭冷笑：「神女這是來錯地方勸錯人了吧，若要勸人舉止檢點，該找妳弟弟去。他若離去，我等是求之不得。」

幽蘭打量了沈璃一眼：「碧蒼王怎可如此說話。那可是一個巴掌拍不響的事……」

「我瞧著拂容君往他自己臉上拍巴掌可招呼得也很歡快。」沈璃又打斷了幽蘭的話，說完，也不看她，沈璃對身後的墨方道：「你先走吧，回頭別又被蚊子咬了。」

「站住！」幽蘭被沈璃的態度刺得一急，心頭火微起，「這便是你們魔界的待客之道？」

「這是沈璃的待客之道，可敬者敬而待之，可愛者愛而待之，可恨者，自是想怎麼待就怎麼待，還望神女莫要放肆，沈璃脾氣不好。」言罷，沈璃也不看她，拽了墨方的胳膊轉身便走。

「妳！」幽蘭容貌討喜，又是天君的孫女，幾時被人如此對待過，當下氣得臉色發青，一衝動便拽住了沈璃的衣袖，「誰准妳走了！」

沈璃轉頭：「放手。」

幽蘭被氣出了脾氣：「不放！」

沈璃眼睛一瞇，笑了：「好啊，那就牽著吧。」言罷，她手一轉，將幽蘭蔥白的手向後一擰，力道不大，不會讓她受傷，但卻疼得幽蘭哀哀叫痛。

「放開！妳放開我啊！」幽蘭心中又是委屈又是難受，還憋著一大團火氣，想著天界關於碧蒼王的那些傳言，登時臉色又是一白，心道：這粗魯的魔界女王爺莫不是要在這兒將她手折斷了吧？心中恐懼一起，淚花又開始在眼睛裡打轉，道：「快放開我啊！好痛！」

墨方深覺此舉不妥，小聲勸道：「王上，莫要擰折了……」

沈璃看著幽蘭竟然哭出了淚花，也琢磨自己是不是將人家欺負過分了，剛想鬆手，手背卻是一痛，她連忙放了手。眼前清風拂過，幽蘭已被拉到了沈璃三步外的地方，身著白衣的行止將幽蘭的手一打量，眉頭微皺，有些不贊同地看向沈璃，但見她另一隻手還拽著墨方的手腕，眉頭更緊地皺起：「怎能如此以武力欺人！」

沈璃一默，看向幽蘭。幽蘭往行止背後挪了挪，另一隻手小心翼翼地拽著行止的衣裳，一臉梨花帶雨，好不可憐。

英雄救美，倒是齣好戲，只是為何她現在卻演成了壞人……

墨方上前一步，將沈璃稍稍一擋，抱拳道：「王上並無欺辱神女的意思，神君莫怪。」

行止眼睛微微一瞇，語調微揚：「喔？墨方將軍竟如此瞭解王爺的心思，倒是難得。」

聽出行止語氣中沒有善意，墨方眉頭一皺，還要答話，卻聽沈璃道：「何苦為難墨方。」她將墨方的手腕一拽，瞪了他一眼，不滿他的私自出頭。墨方微怔，一垂眼眸，乖乖退到後面去。

「神女對我魔界將軍出言不遜，沈璃忍不了這口氣，欺負了她又如何？」沈璃望著行止，「神君這副興師問罪的模樣，可是要幫她欺負回來？」

聽罷沈璃這話，行止的語調更加令人難以捉摸：「喔，王爺竟是為了將軍如此動怒。當真……愛兵如子啊。」

「倒比不得神君這般會憐香惜玉。」她稍沒忍住，心頭情緒溢出，語調一沉，話音微冷。本以為行止聽了會生氣，沒想到他卻是一勾嘴角，眼中陰鬱之色稍退，竟是浮起了幾分喜色。

行止的這幾分喜色卻讓沈璃想到往事種種，她心頭忽然又是一怒，恍然覺得這個神明根本就是將她玩弄於掌心。每每親自割斷了兩人的關係之後又巴巴地跑來勾引她，勾引的火候偏偏還該死地好，眼瞧著魚要上鉤，竟讓魚發現這釣魚人丟的是個直鉤，望著她自己將嘴往上面血淋淋地穿！

他行止神君是覺得沈璃有多犯賤！非得把自己釘死在這根直鉤上？

越想越怒，沈璃臉色全然冷了下來。「神君若是要為她討債，自去找魔君理論，若有處罰，沈璃甘願受著，不勞您動怒。告辭。」說完，也不等行止答應，拖了墨方便走。

幽蘭心中覺得委屈，望著沈璃離去的背影有些不甘心，抬頭一看行止，見他的目光直直地望著沈璃，幽蘭道：「這魔界之人未免太不懂禮數，碧蒼王敢如此對待天界之人，其臣服之心根本就不誠。他日或成禍患。」

行止回頭，定定地望著幽蘭，倏爾笑道：「可不是嘛，神女下次若再如此招惹到她，她若不小心掐著了妳的脖子，那可就糟糕了。」他言語溫和，卻透露出一絲寒意：「屍首分家也說不定呢。」

幽蘭忽覺脖子一涼，弱弱地看了行止一眼：「彼時……神君會為幽蘭主持公道嗎？」

行止一笑，笑得幽蘭心裡暖暖的，卻聽行止堅定道：「不會，魔君甚寵碧蒼王，必定護短；天界不會為神女大動干戈，畢竟兩界以和平為重。若到那時，神女便安息吧。行止會來奉點供果的。」

幽蘭怔怔地立在花園中，目送行止白衣飄飄，漸行漸遠。

沈璃腳步邁得急而大，直到走出宮門也不肯緩下來，墨方一直默默跟著，直到此時才輕聲喚道：「王上。」

沈璃頭也沒回地應了一聲，墨方偷偷瞥了她一眼，問：「王上這是為何突然生了火氣？」

「火氣？」沈璃腳步一頓，身後的墨方避讓不及，一頭撞在她背上，沈璃一個踉蹌，險些摔倒，墨方慌忙中將她一攬，抱了個滿懷。沈璃心中還想著別的事，什麼都沒反應過來，墨方自己倒是先燒了個滿臉通紅，還沒等沈璃站穩，便急急忙忙鬆了手，往後退了兩步，雙膝「撲通」一跪，狠狠一磕頭：「王上恕罪！」活像犯了命案一樣惶恐。

沈璃穩住身形，愣愣地看了他一眼，本來不是多大的事，沈璃根本沒打算放在心上，但墨方如此反應卻讓她有些不好意思起來，被他抱過的手臂好似有些發燙。她輕咳兩聲：「無妨，起來吧。」

墨方慢慢起身，卻一直垂著頭不肯抬起。沈璃眼尖，看見他燒得赤紅的耳朵，她扭過頭裝作什麼也不知道，聲音淡淡道：「幫你收拾了神女，也沒讓行止神君揍了我們，我何氣之有？」

墨方本來還有話想說，但被如此一鬧，腦子裡哪兒還思考得了別的東西，只附和：「是，沒有。」

「而且他行止神君即便有再大的本事，也不敢在此對我做什麼過分的事。」沈璃聲音一頓，隨意找了個理由，「只是方才四周無人，且行止神君脾性著實難以捉摸，未免吃啞巴虧，我走快了一點罷了。」

「王上說得是。」

沈璃抬腳繼續往前走。「今日那神女對你出言不遜，若是我沒看見，你便打算忍氣吞聲，是吧？」

「王上說得對。」

「哼！我魔界的將士何以非得讓著他們天界那些驕縱的傢伙，在天上作威作福欺壓小仙的勾當作慣了，便把這破習慣帶到魔界來。我可不吃他們那一套。分明是自家人做出的破事，非得往他人頭上扣屎盆子。日後不管是拂容君還是他姊姊，若來找你麻煩，便是找咱們魔界將軍們的麻煩，這是傷臉面的事，休得退讓，否則，叫我知曉，必用軍法罰你！」

「王上說得是……」墨方一抬頭，「王上，這……恐怕不妥。」

拂容君和洛天神女都是天君的親孫，且拂容君現在與沈璃有婚約，若是鬧得太僵，只怕日後對沈璃不好。

「沒什麼不妥，別讓外人以為咱們魔界的人是好欺負的。」沈璃擺手，「回吧。」

「等等。」墨方喚住沈璃，見她回眸看他，墨方有些不自然地側過頭去，但又覺得自己這動作過於失禮，便又扭過頭來，緊緊盯著地面道：「先前聽聞王上在人界受了傷……」

「嗯，已經無甚大礙。」沈璃動了動胳膊，「殺一兩頭妖獸還能行。」

墨方單膝跪下：「皆是墨方衝動行事，才致使王上被罰去人界尋人受此重傷。墨方該死。」

上次墨方受不了拂容君的糾纏，所以踹了拂容君一腳，促使拂容君賭氣跑去了人界，魔界這才讓她去人界尋找拂容君。想起此間緣由，沈璃恍然大悟，原來，墨方竟還在為這事愧疚。沈璃心中本還奇怪，魔界的將軍也不是好相與的，墨方脾氣也不是太好，今天神女如此汙蔑於他，他卻沒有半分生氣，原來竟是因上次的事，心有餘悸嗎……

他是這樣害怕連累她啊。

沈璃一時有幾分感慨，嘆道：「不是說了嘛，沒事，起來吧。」墨方跪著沒起，沈璃無奈，只好上前將他拉起來。「成，算是你的錯，罰你今日請我族將軍們吃酒去！也為你今日丟了魔界將軍們的臉而罰，你可願受罰？」

墨方一怔，目光倏爾一轉，落到沈璃背後，在沈璃察覺之前，他目光移走，緊緊盯著沈璃，任由她雙手扶著他的雙肩。他微笑點頭：「墨方聽憑王上吩咐。」

「擇日不如撞日。」沈璃一揮手，「走，去軍營裡吆喝一聲，不當值的都給我叫來。」

「好。」墨方應了，帶著沈璃往軍營走，聽她細數將軍們的名字，墨方目光溫和，側頭看她。待要轉過牆角之時，墨方忽而一轉頭，瞥見了宮牆下那個醒目的白色身影，忽然對那人一勾唇角，那人面色未變，但目光卻更為幽冷，墨方只覺心底莫名地暢快起來。原來欺負人……竟是如此感覺。

是夜，酒過三巡，該倒的已倒得亂七八糟，眾將軍都被各自家僕扶回了屋。

肉丫也得到酒館的人傳來的消息，前來接沈璃。但沈璃正酒意上頭，死活不肯回府，說如今家裡住著神人，得供著，她怕醉酒叨擾了他，回頭遭白眼嫌棄。

肉丫怎麼也拖不動，只好望著還算清醒的墨方道：「將軍，這可怎麼辦啊？」

墨方一默，彎下身子對沈璃道：「若是王上不嫌棄，可願在我府上暫歇一晚？」

沈璃點頭：「好。」

將肉丫打發走了，墨方扶著沈璃一步一步往自己府裡走去。彼時街上已沒什麼人，天雖黑，但周圍卻有燈火環繞，寂靜中只有兩人的腳步聲，一個微帶踉蹌，一個沉著穩健，混在一起，墨方竟覺出些和諧。

墨方側頭看了看眨著眼幾乎快睡著的沈璃，她的戒備心如此重，但卻能在他們面前放任自己微醺，能讓他將她拖回他家。她對他的信任，對魔界將軍們的信任，真是太多了……

墨方垂頭看著前面的路，輕聲道：「王上，墨方真想一直這樣走下去。」

沈璃迷糊間不知聽錯了什麼，點頭道：「好啊，去屋頂看星星。」

這風馬牛不相及的一句話讓墨方笑開：「好，去屬下屋頂看星星。」

肉丫回到王府，剛鎖上院門，繞過影壁，一個白色的人影驀地出現在院子裡，將肉丫嚇了一跳，她拍了拍胸口：「神君怎的還不休息？大半夜在此處站著，可嚇壞肉丫了。」

「嗯，我見今夜魔界的風吹得不錯，便出來感受一番。」他目光在肉丫身上一轉，「妳家王爺可是還沒找到？」

肉丫一笑：「原來神君是在等王爺啊。王爺今夜不回了，她有些醉了，去了墨方將軍府上歇息。神君若有事，不妨等王爺明日回來再商量。」

行止點頭：「嗯，我再去街上吹吹風。」言罷，也沒等肉丫開門，逕直穿牆而過，出了王府。

肉丫撓頭：「這神君的作風怎的越來越像怨鬼了？」

與鳳行

第十三章

今日一別，再難相見

沈璃爬上屋頂，在上面呈大字狀一躺，舒服得嘆了一口氣，夜風涼涼地一吹，讓她腦子清醒不少，她心裡這才覺得有些不妥，她一個王爺與屬下一起到他家屋頂看星星，這事若傳出去未免太過曖昧。可她才爬上來就要走，也不大對勁……思來想去，沈璃還是躺著沒動。眼角餘光瞥見墨方在她身邊坐下，他也不說話，就靜靜地守著她。

不知坐了多久，墨方才問：「王上看見星星了嗎？」

沈璃搖頭：「雖然瘴氣比以前少了許多，可是還是看不見星星。」

墨方轉頭，看了沈璃許久，忽地小聲道：「可墨方看見了。」

沈璃其實並不遲鈍，她一轉頭，望進墨方的眼睛裡，若是平時，她必定會勒令墨方將眼睛閉上，轉過頭去，讓他不准再生想法。可今天不知為何，她張了張嘴，卻沒辦法那麼強硬地施令於他，或許是酒太醉人，或許是涼風大好，又或許是今日……心中有事。

「為何？」沈璃轉過頭，抬起一隻手，看著自己的手背，道：「這隻手沾滿鮮血，只會舞槍，從來不拿繡花針。這樣一雙手的主人，到底哪裡值得你如此相待？」

聽沈璃問出這種問題，墨方倒有幾分驚訝，對他來說，問題好似應該反過來問，沈璃到底哪裡不值得他如此相待。墨方靜了半晌，望著沈璃道：「王上與一般女子不同，但也有相同之處。在墨方看來，妳手中的紅纓銀槍便是妳的繡花針，在魔界萬里疆域上繡出了一片錦繡山河。」

沈璃一愣，怔怔地盯著墨方，倏地掩面一笑，半是喟嘆半是感慨：「好啊，墨方，你不是素來嘴笨嘛，原來深藏不露啊！」

「墨方並沒有說錯，也不是花言巧語，而是覺得王上確實是如此做的，也值得墨方傾心相待。」

沈璃掩面沉默了許久：「可是，還是不行。」她放下手，轉頭看著墨方，「還是不行。」

墨方知道她說的「不行」是什麼，眼眸半垂，遮了眸中的光：「墨方知道，身分如此，墨方不敢妄想其他，只是想讓王上知道這片心意罷了。」

無關身分。沈璃沒有說出口，無關身分，只是她還放不下……

「好啊，碧蒼王沈璃！妳又背著我幹壞事！」兩人正沉默著，忽聽下方一聲斥罵，沈璃翻身坐起，看見穿著誇張豔麗的拂容君在屋下站著，他一臉怒容，指著沈璃罵道：「太過分了！」

沈璃一挑眉，墨方臉色一沉，卻沒有發作，隱忍著對沈璃道：「王上不如去屋中暫避。」

沈璃冷笑：「避什麼避！今天教訓你的話都忘了？回頭我定用軍法罰你！」她身形一閃，落在拂容君面前。「看來你真是半點記性也不長。」她抬起拳頭欲揍人。

拂容君連忙抱頭大喊：「神君你看看！她就是這麼對我的！沒一點尊重！如何能叫我娶她！墨方你瞧瞧！這種悍婦也值得你喜歡？」

他話音一落，沈璃手臂一僵，轉頭一看，行止竟不知什麼時候到了這裡。他就倚在屋簷下的牆上，方才她與墨方在屋頂聊天，他便倚在這兒聽嗎？

當真是……小人一個！

墨方聲音微冷：「王上是什麼樣的人，墨方心裡清楚，值不值得喜歡，墨方也清楚，不勞仙君操心。」

行止看出沈璃目光中的冷色，脣邊笑容半分未減，只是目光卻與沈璃同樣冰冷。

「天界的人都有聽牆角的癖好嗎？」沈璃冷笑，「大半夜不請而入，這便是你們天界的禮數？」

行止目光一沉卻沒有說話，拂容君氣道：「你……你們半夜三更孤男寡女一起躺屋頂看星星，就是你們魔界的禮數？什麼看星星！這哪兒是看星星！瞎眼！真是讓人瞎眼！」沈璃一言未發，化指為爪，逕直去戳拂容君的雙眼。拂容君抬手一擋，險險躲過。「怎的！想殺人滅口？」

「既然你雙眼已瞎，我便將你這雙廢物挖掉，豈不更好？」

拂容君身形一閃，忙往行止那方躲去。「神君你瞧瞧，這還有沒有天理了！」

行止卻側身一躲，沒讓拂容君挨著自己，直勾勾地盯著沈璃笑道：「王爺何必拒絕墨方將軍一片心意呢，今日你們若是郎情妾意，行止成全你們就是了。」

此話一出，三人皆驚。墨方驚中帶喜，拂容君驚中帶詫，沈璃不嫁給他是好事，可也不能禍害了墨方啊！是以連忙擺手：「不可不可！」

而沈璃則是驚中帶怒，依她對行止的瞭解，之前她對他那般說過，他都不肯解了這婚約，其中必定有什麼不能解的緣由，此時說出來的不過是他的氣話。她心裡只覺得好笑，行止神君有什麼資格吃醋生氣呢？婚事是他定的，推開她的也是他，而現在他卻在生她的氣，憑什麼？就因為他發現了自己掌心的玩具居然被別人惦記了，發現事情沒有按照他預演的方向走了，所以氣急敗壞地發脾氣嗎？

他簡直就像一個幼稚的小孩。

沈璃一笑：「沈璃不敢答應，可不就是因為神君定的這紙婚約嘛，若是神君肯解除婚約，沈璃今日必定點頭答應了。」她抬手一拜，「還望神君依言，成全我們才是。」

行止唇邊的弧度微微往下一掉，一張臉徹底冷了下來，與沈璃靜靜對視，半晌之後，他一垂頭，倏地掩面笑起來：「王爺可真是個容易認真的人。妳與拂容君的婚約乃是天君及眾臣商議而定，哪兒能由行止一人說了算。只是妳若喜歡極了墨方將軍，依著拂容君這秉性……天界也並不是不通情理的地方。」

拂容君忍不住插嘴：「神君為何如此詆毀我……」而此時誰還把他看在眼裡。沈璃只涼涼一笑，聲音微啞：「多謝神君指點。」

原來，又只是她一個人在認真啊。被玩得團團轉，被刺激得發脾氣，說氣話……她往屋頂一望，墨方正定定地望著她，可眼中卻難掩失落，想想自己方才那番話，沈璃覺得自己真是差勁極了。因為婚約所以才不肯答應墨方？這豈不是給了墨方希望？她怎麼能說出這麼不負責任的話。

原來，她才是真正像小孩的那個人啊……

「此間事已畢，拂容君且通知洛天神女，明日與我一同回天界吧，在這裡耗的時間未免過長了。」行止淡淡道：「王爺、墨方將軍，今日就此告別，他日怕是再難相見，還望二位珍重。」

魔界墟天淵的封印重塑完了，人界之事也已上報天界，行止身為上古神，如此尊貴的身分哪兒能一直在魔界待著，便是天界，他也不會常去吧。他該回他的天外天，坐看星辰萬變，時光荏苒，繼續做一個寡情淡漠的旁觀者，於他而言，一切不過是閒事。

再也不會見到了嗎……

沈璃垂下眼眸，先前心裡若還剩幾絲火氣，那此時，這些火氣便全化為無奈。她鬼使神差一般問：「神君今日為何尋來此處？」

行止望著天邊，不知在看什麼。「自是來尋拂容君的，他來魔界也給你們製造了不少麻煩，此乃天界教育之失。待回了天界，行止必將所見所聞皆呈與天君，他日……」他聲音微頓，「王爺嫁到天界來的那日，拂容君必定不敢如現在這般造次。」

「神君……不要啊！」

行止手指一動，拂容君張著嘴卻說不出一個字來，只聽行止繼續道：「王爺身體中餘毒尚未除盡，早些睡吧。」

「不勞神君操心。」

行止目光一轉，在沈璃身上頓了片刻，接著將一旁的拂容君一拽，身影一閃便消失了。他走後，清風一起，徐徐而上，如一把掃帚，掃乾淨了天上薄薄的瘴氣霧靄，露出一片乾淨的星空，璀璨耀目。

星星在天空中閃爍，好像是行止在說：好吧，請妳看星星，算是臨別禮物。

神明的力量啊，揮一揮衣袖便能消除萬里瘴氣，可是星光越亮，將人映照得越發分明。沈璃看著自己清晰的影子靜靜發呆，走了也好，沈璃心想，眼不見為淨，說什麼將行雲行止分得清楚，她哪裡分得清楚，就算她之前分清楚了，現在也分不清楚了。但現在好了，不管是行止還是行雲，都不在了，分不分得清楚又有什麼關係呢，控制不控制自己的內心又有什麼關係呢。

反正遲早也會忘掉的，只是時間的問題。

「王上。」墨方在屋頂上靜靜道：「行止神君留下的星空很漂亮，妳不看嗎？」

「不看了。」沈璃失神發呆，「不知道它有多漂亮，以後就不會想念……省得懷念。今日叨擾了，我還是回府吧。」

墨方沉默了一會兒，道：「恭送王上。」

第二天，行止一行人離開的時候，街上好大的動靜。魔君親自為他們送行，魔界的文武百官幾乎到齊了，唯獨沈璃沒去，她堂而皇之地拿宿醉當藉口，在屋裡蹲著逗噓噓。

「牠多長時間沒張嘴吃飯了？」看著瘦得不行的鸚鵡，沈璃還是有些心疼，「是不是要死了？」

肉丫聽著外面的熱鬧聲，分心答了沈璃一句：「從魔宮裡回來就沒張過嘴啦，咬得死緊，怎麼也撬不開。」

沈璃一挑眉，試探性地在牠嘴上一點，噓噓「嘎」的一聲張開嘴，身體瘦成皮包骨頭，聲音卻一如既往地響亮：「神君害我啊，王爺！神君不是好東西啊，王爺！他害我啊，王爺！」

「喔？怎麼害你？」

「他害我被拔毛啊，王爺！他親口說的，王爺！對我施法啊，王爺！他是混帳東西啊，王爺！」

害噓噓被拔毛……他果然是從一開始就把什麼都記得清清楚楚的，隱瞞她就算了，還對著噓噓施法，讓牠險些被餓死。沈璃覺得自己明明應該生氣才對，但卻莫名其妙地笑了出來：「欺負一隻沒本事的鳥，還真是行止神君能幹得出來的卑劣勾當。」

外面的聲音越發響了，沈璃終是忍不住往門外一望，只見一道金光劃過，街上的歡呼聲達到極點之後又慢慢消滅下來。

總算是走了啊。

生活突然安靜下來了，沈璃恍然發現，原來不知不覺間，行止已經在她身邊待了好久，也和她一起經歷了不少事，突然間沒了這麼一個人倒還有些不習慣。可日子總是要過下去的。

她還是像以前一樣上朝，聽魔界各地發生的事，其中邊境報來的消息不再像以前那般令人聞之沉默了，將士們過得都不錯，日子或許比在都城還要滋潤一些。這讓沈璃不由得想到與行止一起去重塑封印的那一段路，山中、湖底、墟天淵裡，只有他們兩人……

「沈璃。」魔君的聲音突然在她耳邊響起。

沈璃恍然回神，議事殿中，所有人皆望著她，沈璃一聲輕咳：「魔君何事？」

「近來北海水魔一族有些異動，方才眾將各自舉薦了人才，可去北海一探究竟。妳點一個主帥吧，此次不為戰，只為練兵，讓有能力的新人出去鍛鍊一番。」

這樣的事沈璃也做過幾次，帶著新兵上戰場，鍛鍊他們的技能和膽量，沈璃略一沉吟：「既然是做探察的任務，便該派個細心的將領。」她的目光在眾人臉上掃了一圈，然後驀地停在墨方臉上。

那日事後，沈璃心裡覺得不大對得起墨方，想與他道歉，但又覺得說得多錯得多，她心裡拿不定主意，不知該如何面對墨方，所以便有意無意地躲著他。此時打了個照面，沈璃一轉頭：「墨方將軍心細且善謀略，不如讓他帶兵吧。」把墨方支走有她一定的私心，但墨方確實也是極佳的人選。

墨方聽她點了自己，眸中沒有意外，卻有幾分莫名的黯然。

魔君點頭：「眾將領可有異議？若是沒有，今天的事便議到這裡吧。」魔君轉頭，「沈璃留下。」

沈璃心裡一沉，估計著今日是該挨罵了。

陪著魔君在石道上閒走了一圈，往湖邊亭中一坐，魔君就著石桌上的棋子，隨手落下一顆。「與我下幾盤。」

沈璃依言，舉子落盤，不過小半個時辰，勝負已分，沈璃輸了。魔君放下手中棋子，道：「此局棋，妳下得又慌又亂，見攻人不成，便亂了自己陣腳，不是沈璃的作風。」沈璃垂頭不言，魔君的手指在石桌上敲了兩下：「自打拂容君走後，妳好似常常心神不定。」

沈璃一駭，想到拂容君那副德行，登時嘴角一抽：「魔君誤會了。」

魔君沉默地收著盤上棋子，忽而微帶笑意道：「如此也好，近來我身子疲乏，不想動彈，那天界送來的百花宴請帖，便由妳代我赴宴吧。左右妳日後是要嫁過去的，早些去熟悉一下天界的環境也好。」

沈璃一怔：「魔君……」

魔君起身拍了拍她的腦袋：「這是命令，不能拒絕。」

沈璃沒敢拒絕，或許在她心裡也有幾分想接受吧，能去天界，看看離天外天最近的地方……

沈璃拜別了魔君，穿過宮內假山林立的林園，正要出園子，忽聽一聲輕喚：「王上。」

沈璃聞聲，身形微僵，因指派墨方去北海這事她藏了一些私心，她其實是不大好意思面對他的。但再尷尬還是得面對，沈璃靜下心神，如素日那般轉過身去，但奇怪的是墨方卻並未走到她身後來，而是隔著丈許遠的距離，停在一座假山旁邊，目光定定地望著她。

沈璃心裡奇怪，但也沒有過多在意，只問：「還未回府？」

墨方點頭，移了目光，沉默了半晌後問：「王上為何指派屬下去北海？」

沈璃一聲輕咳：「單純覺得你比較合適，怎麼，不想去？」

墨方沉默了半晌，倏爾無奈一笑：「嗯，不想去。」

他這半是嘆半是笑的模樣看得沈璃一怔，她從未見過這樣笑著的墨方。在她眼裡，墨方永遠都是聽她命令毫無怨言的，但這次為何……對她的私心如此不滿嗎……

「既然如此。」沈璃裝作正色道：「方才在議事殿為何不提出來？若你有異議，魔君……」

「王上。」墨方打斷她的話，垂眸說：「不管墨方意願如何，只要是妳的命令，我都會服從。」

只要是沈璃說的，不管願不願意，他都會去做。

他……

沈璃啞言，面對如此坦誠的心意，她不知還能說出什麼話去拒絕，去傷害。

墨方好似也不求她有什麼回應，像是只為來表露心意一般，說完便遠遠地抱拳行了個禮，轉身離開了。獨留沈璃看著他的背影，一聲無奈的嘆息。

九重天上，流光溢彩，天君殿中，天君正在搖頭嘆息，門扉被輕輕叩響，外面的侍者輕聲道：「天君，行止神君來了。」

「快請快請。」天君起身相迎，待行止走進殿，他抱拳一拜，「神君可是離開好些日子啦。」

行止淺淺一笑回了個禮：「在門外便聽見天君長吁短嘆了，天君可有心煩之事？」

天君一笑：「天界安穩舒坦，只有你捎回來的下界異動之事能讓人稍稍警惕一些，別的還能有什麼事。」天君將行止引到屋裡，指了指桌上擺滿的玉件，道：「我今日這般嘆息，不過是前些日子在天元仙君那兒看到一個玉杯，鍾愛不已，想找個杯子與天元仙君換過來，可天元仙君亦是愛極了那杯子，不肯讓與我。」天君一聲嘆息，好似愁極了。

行止卻聽得微微一笑，沒有言語。與魔界相比，天界的日子實在是舒坦得緊。

「朕別無所好，唯獨鍾情於玉之一物，現今求而不得，實在令人心有遺憾啊。若是強令天元仙君給我，又太失君王風範，當真令人苦惱。」

「不該得的，自然該放下。天君，還望你莫要偏執於一物才好。」這本是勸慰天君的話，但話音一落，行止自己卻垂了眉眼，不經意地在脣邊拉扯出了一個莫名的弧度，三分涼意，七分自嘲，「可別控制不住啊。」

天君亦是搖頭笑道：「我活了這麼久，時刻告誡自己清心以待，可沒碰見喜歡的事物便也罷了，這一碰見，倒像無法自制一般，一顆心都撲了進去。拿捏不住分寸，進退失據了。」

「是啊。」行止微微失神地應道：「明知不該拿起卻又放不下，終於狠下心割捨，卻又心有不甘。呵……越是清淨，越易執著……」他搖頭失笑：「天君的心情，行止約莫曉得。」

天君看了行止一眼：「這……神君此次下界，可是遇見了什麼求而不得之物？」行止只靜靜地笑，天君忙道：「這可使不得啊，神君若有了此等念頭，那可是三界之災啊！」

行止垂眸：「天君多慮了。」

天君這才放下心來：「理當是我多慮了，神君從上古至今之清淨，乃是而今的仙人如何也比不得的。」

行止笑了笑，換了話題：「我來尋天君乃是有事相告。」行止將拂容君在魔界的作為告訴了天君，天君聽得臉色發青，立時命人去將拂容君找來，行止知道自己不宜多留，便告辭離去。天君卻喚道：「百花宴不日便要召開，神君若是回天外天無事，不如在九重天上住下。」

行止一琢磨，點頭道：「也好，我亦有許久未去看看老友們了。」

拂容君被罰跪了。

他在天君殿前的長階上跪了九天九夜，天君殿前的寒玉階寒涼逼人，常年仙氣縈繞，看著是漂亮，但跪在上面可不是好受的。拂容君跪得暈過去又醒過來，折騰了幾次，認錯認得嗓子都啞了，最後還是他的父母與眾兄弟一起去為他求情，天君才微微消了氣，讓他回了自己府邸。自此拂容君算是記下了行止這筆仇，奈何差距在那裡，他如何也報復不得，只能恨得牙癢癢。

拂容君身體還沒養好，便聽見了消息，知道魔界的碧蒼王要代魔君來赴百花宴。天君抱著與魔君一樣的想法，將沈璃安排進他的院子，意圖讓兩人增進感情。他倆還有什麼好增進的！沈璃不趁他動彈不得的時候廢了他，那就謝天謝地了！

如此一想，拂容君愁得夜不能寐，時刻長吁短嘆，讓周圍服侍的人也都開心不起來。

然而不管拂容君內心如何憂傷，沈璃終於還是來了。

她誰也沒帶，到了南天門時，門將才知道碧蒼王已經來了，這才有人慌忙去通知天君。沈璃等了好一陣，天界的使者才來引路，先領著沈璃去見了天君，閒閒客套了幾句，問了問魔界的情況，天君便讓人將沈璃帶去了拂容君府上。

沈璃沒來過天界，雖聽過天界之美，但卻沒料到這世間竟有一個地方如此美麗，處處有曖曖煙霧繚繞，時時有祥瑞仙鶴掠過，間時偶聞仙琴之音，轉角便有花香撲鼻。

沈璃跟著使者走過天界的路，與結伴而行的仙子們擦肩，她們身上無風自舞的披帛在沈璃臉上輕柔地掠過，香氣襲人，直到行至拂容君府前，沈璃一言未發，她心中想著魔族百姓，眼眸中的顏色略沉。

「恭迎王爺。」拂容君府上之人立時便出來迎接，「王爺見諒，我家主子前不久……呃，挨了罰，近來身子有些不便，不能親自迎接王爺。」

是行止害的吧。沈璃不用想便能猜到其中因果，她點了點頭：「無妨，讓拂容君好好歇著便是。」不能來也好，省得看見他讓她心情更糟。

小廝見沈璃如此好說話，大著膽子抬頭看了沈璃一眼，他本以為會是個凶神惡煞的女壯士呢，沒想到只是一個打扮稍像男子的姑娘，他微微一怔，眨巴了一會兒眼睛，才將沈璃往屋裡引。「王爺先入府吧，您的住所和伺候您的人，仙君已經安排好了。」

沈璃點頭，隨著小廝入了府，拂容君安排來伺候她的人是個看起來極伶俐的丫頭，一雙大眼睛一眨一眨的，甚是討喜。可沈璃在戰場上閱人無數，對敵意天生便有敏銳的感覺，不管這大眼丫頭眼神中如何掩飾，沈璃仍舊察覺出她的不懷好意。

但沈璃並未放在心上，自打上了天界，南天門的守衛看見她的那一瞬起，她接收到的眼神便不大對勁了，或是猜忌，或是不屑，或是鄙夷，沈璃知道，這些不是針對她，而是針對魔族。她甚至有些慶幸，還好來赴這勞什子百花宴的是她，而非魔君，光是想想魔君會在天界受到這樣的歧視，沈璃心裡便有說不出來的憤怒與憋屈。

沈璃只當這個伺候她的大眼丫頭也同別的仙人一樣，只是對魔族心懷惡意，但她不承想，當天晚上她便在飯菜裡嘗出了毒藥的味道。

其時，大眼丫頭正在身邊伺候著，沈璃吃了一口，嚥進肚子，然後又若無其事地吃了一口。「天界也賣假藥嗎？」她嘴裡嚼著東西，語氣平淡，「該找這人賠錢。」

大眼丫頭一驚，臉色「唰」地白了下來，扭頭就往屋外跑。可腳還沒跨過門檻，一道銀光「唰」地自眼前射下，只聽「錚」的一聲，煞氣四溢的銀槍插在大眼丫頭跟前，她嚇得倒吸冷氣，腿一軟，直接摔坐在地上。

「毒害本王的人，居然只有這點膽量。」沈璃還在悠悠然吃著飯菜，「天界果然養蠢物。」

大眼丫頭聞言，惡狠狠地回頭瞪沈璃：「妳憑什麼！妳這種卑劣的魔族如何配得上拂容仙君！」

這話實在大大倒了沈璃的胃口，她放下筷子，氣笑了，笑了好半天，覺得可以反駁的話太多，反而不知道從哪裡反駁起，最後只道：「妳既然如此喜歡拂容君，咱們便一同去天君那兒，將事情講清楚，讓天君為配得上拂容君的妳賜個婚，可好？」

大眼丫頭一驚，見沈璃竟真的起身向她走來，她連連抽氣之時，忽覺異香自鼻端飄過，登時腦袋一暈。沈璃自然也聞到了這股味道，本來這種毒對她來說也沒甚傷害，但與她方才吃進去的藥在體內一合，藥效一時上頭，竟讓沈璃眼前花了一瞬，四肢微微脫力。

就在這時，沈璃倏地眉頭一皺，目光一轉，平空一捏，一根毒針被她夾在指縫中。另一邊同時傳來輕輕的破空之聲，沈璃同樣伸手去捉，但指尖卻是一痛，竟是身體中的毒麻痺了她的感官，讓她捉偏了去。

此時一根毒針扎在沈璃指尖，毒液自指頭瞬間蔓延至全身，令人渾身麻痺。與此同時，另外兩名女子皆出現在屋內，其中一人將大眼丫頭扶了起來，三個人一同瞪著沈璃，一副同仇敵愾的模樣：「拂容君從來不是妳這樣的人可以私占的。」

沈璃嘴角一抽，拔掉指尖的毒針，揉了揉疼痛不已的額頭。

這……這些天界的仙子，實在是欠教訓極了。她一擼袖子邁開腳步走向三人，三個人登時嚇得花容失色：「中了這麼多毒！不可能！」沈璃冷冷一笑：「被拂容君那娘炮荼毒了那麼久，本王今日便讓妳們看看什麼叫真男人的風範。」

當夜，拂容君府上女子的尖叫哭喊聲傳遍了大半個天界。拂容君亦是從睡夢中被嚇醒了，拍床板道：「搞什麼名堂！這是養的女鬼嗎？」

門外的僕從戰戰兢兢地推門進來：「仙君，這好似是從碧蒼王院子裡傳出來的動靜。」

拂容君一愣，當即命人將自己抬去了沈璃院門口，只見院門敞開，三個各有千秋的仙子被綁了手，吊在房梁上，她們腳下的火盆呼呼地燒著，燙得三個人哭喊個不停。沈璃閒閒地坐在一旁，時不時拿著她的銀槍撩撥一下盆中柴火，讓火苗燒得更旺些。「哭吧，等眼淚把火澆熄了，本王便住手。」

拂容君從來便是憐香惜玉的人，見此情景大怒：「沈璃！妳作甚！」

沈璃斜斜瞥了拂容君一眼：「她們三個為仙君你來送死呢，本王在成全她們。」

「仙君！仙君救我！」三人大哭，拂容君膝蓋疼得實在站不起身，狠狠拍了旁邊僕從的腦袋罵道：「還杵著作甚！給本仙君去救人！」

「誰敢來救？」沈璃目光一凝，紅纓銀槍在地上一豎，磚石均裂，銀槍銀光一閃，伴著沈璃微沉的聲音直震眾人心弦，「先與本王一戰。」她淡淡掃了院外眾人一眼，陰惻惻的眼神將眾人駭得渾身一顫，你望我，我望你，誰也不敢上前。

許是三名仙子哭得太過驚人，拂容君府外已來了不少仙人的童子，大家都來問個究竟。最後鬧得天君親臨，入了拂容君的府邸，看見這一齣鬧劇，出聲喝斥，沈璃這才熄了火，將繩子斷了，把三人放下。

她對半夜駕臨的天君道：「沈璃記得，拂容君與行止神君在我魔界之時，魔界上下雖算不得傾國力以待，但也是禮數周全。而今沈璃才來天界第一晚，下了毒的飯菜尚在桌上，空氣中仍有異香，毒針沈璃也還留著，僅這一夜便收到三份重禮，敢問天君，天界便是如此待客？」

天君聞言大驚，立即著人前去查看，聽聞事實當真如此，天君氣得臉色青紫，指著拂容君半晌也未說出話來，最後一聲嘆息，對沈璃道：「是朕考慮不周，令碧蒼王遭此不快之事。三名仙子自即日起禁閉百年。」

沈璃道：「多謝天君為沈璃主持公道，只是沈璃還要在天界待上一段時間，拂容君這裡……沈璃怕再有事端。」這些姑娘的招數都傷不到沈璃的實質，但誰知道拂容君招惹過多少人，照這一夜三次的陣勢，她便是不死也得崩潰了，這些話沈璃沒說，但天君應該能想到，她躬身一拜：「還望天君替沈璃另尋個安靜的住所。」

天君略一沉吟，其時，天君身邊的侍官對天君耳語了幾句，天君點了點頭道：「天界西有一處安靜的小院，只是位置稍偏，內間布置也稍顯樸素，不知碧蒼王可會嫌棄？」

成天騰雲駕霧的人怕什麼路遠，而且天界的「樸素」對沈璃來說也不會差到哪裡去，她當即便應了：「只要安靜便好，沈璃明日便搬去那處吧。」

天君點頭：「嗯，也好，神君妳先前在魔界便已結識，兩人同住也不會尷尬。」

這天界……能被稱為「神君」的人，約莫只有那一個吧？他在那裡住，這老頭怎麼不早說啊！沈璃張了張嘴，想拒絕卻已經晚了。

他們同住會尷尬啊……會很尷尬的好嗎！

與鳳行

第十四章

沈璃，我不能喜歡妳

第二日，沈璃並沒急著去天君安排的那個名叫西苑的小院，她甚至有些抗拒到那個地方去。但奈何她在天界溜達了一圈，接觸到的眼神除了戒備便是謹慎的審視，一兩個人倒也罷了，人人皆這樣看她，實在讓沈璃受不了。她倒不是生氣，也不是委屈，只是替天界這些傢伙憋得慌，若當真那般看不慣她，提刀來砍便是。

沈璃終是忍受不了，與其被這樣注目著，她不如去西苑與行止一同尷尬著。

讓沈璃意想不到的是，她到了那傳說中的小院時，裡面一個人也沒有，安靜得就像長年累月沒人在裡面居住一樣。而更讓沈璃意外的是，這個小院的布局，與凡人行雲在人界的那個小院一模一樣，一草一木，前院石桌石椅，後院葡萄藤下挖了個小池塘，位置分毫不差，只是房間比之前要大得多了，兩側也分出了許多廂房，木結構的房子根本看不出蓋了多少年，所有的東西看起來雖不像新的，但卻也不陳舊。

比起行雲的房子，這應該算是升級豪華版，但相對天界那些動不動就用夜光琉璃做瓦，寶石貴木做房的屋子，這裡實在是樸素極了。

這樣的環境也讓沈璃下意識地放鬆了戒備，沈璃心想，行止下人界的時候並沒有被抹掉記憶，所以他那個小院定是按照這個布局來擺的。她尚記得這樣的擺設是遵循了什麼陣法，能聚天地靈氣，在此處待著倒是有助於她潛心清除體內毒素。

這毒可不是那三名仙子留下的，而是被那苻生下的毒，不知他那毒是怎麼煉的，竟然扎根如此之深。依著沈璃這恢復速度，過了這麼長時間還有殘留，實在是不易。

沈璃閒閒地在屋子裡逛了一圈，不由得想起了在葡萄藤下晒太陽小憩的那個青衣白裳的傢伙，那麼悠閒自得。或許，也只有在人界的時候，有著一個凡人的身體，他才能那般隨興吧；重歸神位的行止，有了太多沈璃看不懂的情緒與顧忌。身分的不同，當真可以改變一個人太多……

沈璃正想著，忽聽水聲一響，清脆悅耳。沈璃瞥見了後院的池塘，她走過去，看著池塘中游來游去的胖錦鯉們，她微微一挑眉：「沒人餵的魚都能長這麼肥，天界水好啊。」她在池塘邊坐下，隨手撥弄了一下池中清水，忽然，一隻白嫩嫩的手握住了沈璃的手腕。

沈璃一怔，目光對上一雙水靈靈的大眼睛，緊接著，銀光一閃，好幾雙晶瑩剔透的眼珠子便直勾勾地盯上了她的臉。

這些錦鯉……竟然……都變成了小孩。

她尚在愣然間，忽聽其中一個小孩咯咯一笑：「大姊姊要來陪我們玩嗎？」

沈璃聽著嘩啦啦的水聲，下意識地搖頭，可是已經有好幾雙白白胖胖的手拽住了她的胳膊。「姊姊來玩嘛！」小孩們清脆的嗓音就像一道催命符，拉著沈璃便將她拽進了池塘。

沈璃猛地憋了一口氣，被拽到池塘下面，她才看見，這裡面全然不是外面看到的那麼小，裡面就像一片湖，可是只有池塘口那兒有光透進來，越往下便越黑暗。

沈璃對水的恐懼幾乎是天生的，在耳朵裡充斥著水下「嗡嗡」的聲音之時，她的心便微微慌亂起來了。好在這種情緒她還是能控制的，可當她發現她想拚命往上游的時候，那些長著魚尾巴的小孩便跟玩似地拽著她的腳脖子。沈璃不淡定了，看著這些小孩咯咯笑著，露出白白的牙齒，沈璃卻覺得這些可愛的面孔簡直就如從地獄來的索命厲鬼。

她開始掙扎，單憑憋氣的功夫，沈璃憋個半個時辰不是問題，但在水中可不一樣。她於慌亂中欲喝斥那些小孩，但一張嘴，水便灌進喉嚨裡，當她想吐出去的時候，就有更多的水灌了進來。

天界的水很甜，但是沈璃真的喝不下了……

她拚命地蹬著那些小孩，手腳並用往那處光亮上游，其姿勢之難看自然不用言語。當她好不容易將鼻子伸出水面時，一口氣沒吸到，一個小屁孩興奮地蹦躂出水面，一個鯉魚翻身，愣是將沈璃又砸了下去。

沈璃怒火中燒，只想燒一把火，將這池子裡的水煮沸了，燙熟這些小屁孩，待她上岸一個個撿來吃了。

可沒讓她有使出如此狠毒招數的機會，她只覺周遭的水流莫名變快了，在她尚未反應過來之際，一股巨大的抽力便將她與水一同抽出了池塘，沈璃便隨著數個光溜溜的人魚小孩一起做死魚狀摔在了地上。

她捂著胸口使勁咳，咳紅了一張臉。那些小孩也在地上蹦躂著，一條條魚尾慢慢蹦躂成了人腿。

一張白色的面巾搭在沈璃臉上，沈璃氣憤地扔了面巾，指著身著白衣、衣冠楚楚的男子氣喘道：「兩次……兩次！」

行止自然知道她說的「兩次」是什麼，行止一笑：「這次我可不是故意的。」他隨手折了一根葡萄架上的細藤，一路走過去，將地上小孩白花花的屁股挨個輕輕抽了抽。「都給我進屋來。」

他一喚，小孩們捂著光溜溜的屁股，略帶著委屈，邁著生疏的步伐，踉蹌著進了屋。行止看了沈璃一眼：「我自會給妳個交代。」

沈璃便這樣被晾在地上沒人搭理，過了一會兒，沈璃緩過氣來，她便聽見屋裡傳來了細細的嗚咽聲，是小孩子在哭。沈璃想著行止手裡方才折了一根細藤，琢磨著行止莫不是在抽那些孩子吧……嗯，是該狠狠抽抽，沈璃心裡如此想著。

進了屋，繞過門口的屏風，沈璃便看見行止撐著腦袋，斜斜倚在榻上，手裡的細藤有一搭沒一搭地晃著，而他面前乖乖地站了一排光溜溜的孩子，每個孩子都紅著眼睛。見沈璃進來，行止瞧了她一眼，又望向孩子們：「嗯，道歉呢？」

最邊上的小孩一邊哭，一邊胡亂抹淚，嘴裡含糊道：「姊姊對不起，嗚嗚，我不知道妳不會游泳的，嗚嗚，我再也不這麼玩了。」他話音一落，另一個小孩接著道：「對不起，嗚嗚，對不起，嗚嗚。我們只是太想和別人一起玩。」然後是此起彼伏的道歉聲和抽噎聲，混雜著吸鼻涕的聲響。

場面有些混亂了，一群半大的孩子，光著屁股，手足無措含糊不清地跟她道歉……不消片刻，沈璃一隻手捂臉，另一隻手對孩子們擺了擺。「行了行了，都自己回去吧，又不是多大的事。」

沈璃說了不算，小孩們都抽噎著，眼睛亮亮地盯著行止。待行止輕輕一點頭，所有小鯉魚精逃似地奔了出去。

屋裡安靜下來，行止這才坐正了身子。「碧蒼王何時如此好說話了？」

「這麼一群半大不小的孩子光著屁股在我面前哭，弄得我跟採陰補陽的老妖婆似的。」沈璃忍耐道：「也只有神君才能見此情景無動於衷吧。」

「不，並非無動於衷。」行止把玩著手裡的細藤，「我覺得他們哭得挺好玩的。」

沈璃揉了揉太陽穴，她滿心以為見到行止會尷尬，在走進這個院子之後就更是預見了尷尬的局面。但此事一鬧，兩人之間哪兒還有什麼尷尬的情緒，只有沈璃一臉疲憊和滿身的涼水。「神君給沈璃安排個廂房吧，昨夜今日連著折騰，沈璃只想睡個安穩覺。」

「左側廂房妳隨意挑一間吧。」

和行止重新住在一起的第一天，便這麼稀里糊塗地過去了。

之後……也沒什麼之後了，雖同住一院，但常常不見行止人影，沈璃也沒見他出門，估計是在屋子裡閉關修行。見不到他，沈璃那預備尷尬的情緒便一直沒有抒發出來，不過這樣也好，這樣的情況若能一直持續到百花宴後，下次再見行止，就是在她與拂容君的婚宴上……然後就沒有相見的日子了吧。

頭皮一痛，沈璃從銅鏡裡面靜靜地看了身後的小鯉魚精一眼，小鯉魚精卻完全沒有發現自己給沈璃梳頭時拉痛了她，仍舊高高興興地梳著。

「王爺頭髮真好。」他說著，「但是太粗太直了，一點也不像女人的頭髮。」

沈璃沒有應他。

這些小鯉魚精本是西苑的侍從，奉了行止的命令來伺候她，只是越伺候越亂……

「哐啷。」沈璃忽覺後背一溼，一個收拾房間的小鯉魚精打翻了沈璃梳洗過後的水盆，水潑了一地，溼了沈璃的背和為沈璃梳妝的小鯉魚精一身。知道自己做錯了事，他一臉茫然又惶恐地盯著沈璃。

「你在做什麼！」沈璃背後的小鯉魚精一怒，手下一用力，硬生生將沈璃的頭髮拽下來許多根。沈璃捂著後腦杓忍耐著深呼吸，但終是沒有忍住，也不管頭髮梳沒梳好，拍案而起，一手一個，將兩個小孩後襟一拎，提起來一抖，兩人皆化為錦鯉，沈璃往懷裡一抱，踹門便出去。但凡見到小鯉魚精，皆用同樣的招數對待，最後把懷裡花紋各異的胖鯉魚往池塘裡一扔。

「不准出來，再出來我就把你們給清蒸了。」

她站在池邊惡狠狠地威脅小鯉魚精們，大家都紅著一雙眼，在水面上委屈地露出腦袋，一個小鯉魚精說道：「可是，神君說了，王爺和仙人不一樣，不吃飯會餓肚子的，我們不伺候你，王爺就會餓死了……」

「餓不死。」沈璃轉身走了兩步，又回頭警告，「不准出來啊！」

小鯉魚精們都不說話了，只目光炯炯地盯著沈璃。

沈璃將頭髮抓了抓，要像平日一樣簡單束起來，哪承想剛一回頭，卻見行止披著白袍子倚在他的房門口，微微彎起來的眼眸裡映著晨光，過分美麗。「一大早便在鬧騰什麼呢？」

沈璃肚子裡憋了幾天的火：「他們是奉你的命令來給我添亂的吧？」

行止挑眉：「我可從沒這樣交代過。」

小鯉魚精委屈道：「我們真是在用心伺候王爺……」

沈璃揉了揉額頭，脫口道：「這叫伺候嗎！真要伺候我，便由神君你來吧。」這本是沈璃的氣話，哪承想話音一落，那邊卻輕描淡寫地答了「好啊」二字。

空氣好似靜了一瞬，不只沈璃微怔，連池塘裡的小鯉魚精們也呆住了。

「咚」的一聲輕響，打破了此間寂靜。沈璃轉頭一看，洛天神女愣愣地站在後院門口，本來由她抱著的果子滾了一地。

行止靜靜地轉頭看她：「幽蘭為何來了？」

幽蘭這才回過神來似的，忙彎腰將果子撿了起來，解釋：「天君著我來通知碧蒼王，今日是入洗髓池的日子。我想著王爺與神君同住，便順道為神君捎來幾個仙果。我看外面院門沒關，就直接進來了……」

她沒再說下去，但誰都知道她聽見了什麼。行止點了點頭，表情極為淡定。沈璃輕咳一聲，轉身便走。「既是天君傳令，耽擱不得，快些走吧。」魔界瘴氣深重，沈璃常年待在魔界，周身難免沾染瘴氣，是以在參加百花宴之前，要去洗髓池中淨身，這是沈璃來之前便知道的流程。

幽蘭看著沈璃快步離開的背影，又回頭望了望行止，最後行了個禮，將果子放在屋中，便也隨沈璃離去。

「王爺。」離開西苑老遠，幽蘭忽然喚住沈璃，像是琢磨了許久，終是忍不住開口了，「日前幽蘭去過魔界，雖不曾細探，但仍舊算是看過魔界的環境，我知魔族之人必有不滿天界之心。」

沈璃頓下腳步回頭看她：「神女有話直說。」

幽蘭肅了臉色：「可是不滿也好，怨懟也罷，還望王爺與魔界之人拿捏分寸。」她目光直直地盯著沈璃，「這三界唯剩一個神了，沒人能承受失去他的代價。」

沈璃忽然想起行止之前與她說過，清夜被廢去神格的原因，為私情逆天行道……所以幽蘭這話的意思是，魔界有逆反天界之心，利用她來勾引行止，意圖廢掉行止的神格？

沈璃一笑，覺得荒謬至極。「神女，且不論沈璃能不能如妳預計的這般有本事，就說失去神明一事，若行止沒本事保住自己的神格，那也是他的事，妳告訴我又有何用？」言罷，沈璃扭頭離去，獨留幽蘭在原處冷了目光。

洗髓池中仙氣氤氳，但對沈璃來說卻不是什麼好地方，濃郁的仙氣在洗掉她周身瘴氣之時，連帶著也削了她不少魔力。一個時辰的沐浴讓沈璃如同打了一場大仗一樣疲憊不堪。要想恢復魔力，怕是得等到百花宴之後了吧。沈璃冷冷一笑，她明白，這正是天界的仙人們想要的效果，削弱她的魔力，減少她的威脅，這些道貌岸然的仙人無時無刻不對魔界提防著，戒備著……即便是……他們已經那般臣服。

「哐」的一聲巨響自洗髓殿外傳來，緊接著野獸的嘶吼好似要震碎房梁。

沈璃頗感意外地一挑眉，天界也有妖獸？她披了衣裳，束好頭髮，帶著幾分看好戲的心態自洗髓殿中推門而出。

殿前巨大的祥瑞彩雲之上，一隻巨大的白色獅子發狂一樣衝著幽蘭撲去，洗髓殿的侍從臉色蒼白地擋在幽蘭身前，護著她四處躲避。然而此時白獅已將幽蘭逼至牆角，避無可避，那侍從竟然就地一滾，從白獅胯下滾過，狼狽逃命，只留幽蘭一人立在牆角，顫抖著慘白的嘴唇呆呆地盯著白獅。

白獅一吼，舉爪便向幽蘭拍去。沈璃眉頭一皺，身形一閃，落至幽蘭身前，抬手一擋，看上去比白獅前臂細小許多的胳膊將白獅的爪子招架住，然而這招雖然擋住，沈璃卻是眉頭一皺，只覺體內氣息不穩，力道不繼，無法將白獅推開。她心知必定是這洗髓池的作用，正與白獅僵持之際，身後的幽蘭忽然道：「不用魔族之人相救。」

「好。」沈璃聞言，當即手一鬆，白獅的利爪帶著殺氣直直向幽蘭的臉招呼而去，幽蘭沒想到沈璃說鬆手就鬆手，當即嚇得倒抽一口冷氣，面無血色，在利爪快要碰到臉頰之時，來勢又猛地停住，只聽沈璃道：「想保住臉，求我。」

給便宜不要，那便適當索取吧。沈璃是這樣想的。

幽蘭幾乎不敢轉頭，那利爪上屬於野獸的狂暴之氣刺得她幾乎流淚，一隻纖纖玉手悄然抓住了沈璃的衣襬，幽蘭的聲音帶著三分恐懼，三分不甘，還有更多的是屬於女子的柔弱：「求……求妳。」

沈璃忽然間不知被滿足了怎樣的心態。她自得地一笑，當下大喝一聲，一隻手推開白獅的爪子，另一隻手將幽蘭細腰一攬，縱身一躍，跳過白獅頭頂，落在牠背後。沈璃將幽蘭鬆開，見她渾身癱軟摔坐在地，沈璃道：「本來妳求我我也不打算救妳的，奈何妳是隨我來的洗髓池，在此出事未免也太巧了一些。我不過是不想讓他人再說閒話罷了。」

才逃過一劫的幽蘭哪兒有心思理會沈璃揶揄，只往沈璃身後看了一眼，臉色越發青白。沈璃往後一瞥，竟見那白獅已經撲至兩人跟前，巨爪已經揮來，沈璃要躲是沒問題，可是帶著幽蘭便是帶個累贅。沈璃估計著白獅這一爪她挨了頂多痛上幾天，但這神女指不定就直接給拍死了。沒時間權衡，沈璃將幽蘭一抱，利爪在她背上抓過。血肉橫飛。

幽蘭嚇得失聲驚叫，她的生活裡幾時見過如此場面。一擊過，白獅第二爪欲襲來，中間有些許時間，沈璃抱住幽蘭就地一滾，逃出了白獅的攻擊範圍。

幽蘭的手不小心碰到沈璃的背，摸了一手鮮血，她顫抖著脣：「妳沒……沒事嗎？」

沈璃卻連眉頭也沒皺一下。「皮肉傷而已。」沈璃見那白獅又欲往這邊撲來，她才知道，這白獅竟是盯中了幽蘭。沈璃眉目一沉：「妳為何惹怒牠？」

幽蘭只呆呆地看著一手鮮血，白著臉未答話。

沈璃心知自己剛在洗髓池中過了一遭，定不能與這白獅硬拚。她與妖獸相鬥多年，極為熟悉獸類的脾性，當獸類意識到自己無法戰勝對手時，牠便會退縮。此戰她的目的不在殺了白獅，而是逼退牠，只要氣勢上贏了牠便行。

躲在沈璃背後的幽蘭忽覺周身氣息一熱，她愣愣地抬頭看沈璃，逆光之中，這個女子的側臉輪廓帥氣得幾乎令人遺忘性別。

忽然之間，沈璃瞳中紅光一閃，周遭氣息一動。幽蘭似聞鳳凰清啼，嘹亮天際，周身灼熱的氣息愈重，對面的白獅不甘示弱地狠戾嘶吼，方寸之間恍然已成二者爭王之地。

周遭的仙人早已被滾滾氣浪推得老遠，唯有沈璃身後的幽蘭，她清楚地看見沈璃眼底的鮮紅越來越氾濫，直至染紅了沈璃整個眼眸。又是一聲極為嘹亮的啼叫，那些滾燙的氣浪好似在空中凝成了一隻刺眼的鳳凰，呼嘯著向白獅衝著去。嘶吼不斷的白獅往後退了一步，鳳凰於牠頭頂盤旋，似隨時準備俯衝啄咬牠。

白獅左右躲避，最後「嗷嗚」一聲，身體驟然變小，最後化作一個白色毛團，蜷在雲上瑟瑟發抖。

殺氣霎時收斂，沈璃踏上前一步，一隻手卻拽住了她的衣袖，她一回頭，聽幽蘭垂著腦袋小聲說著：「危……危險。別去了，等天將們來了再看吧。」

沈璃一挑眉，這神女倒知道知恩圖報。她握住神女的手，將它拿開。「無妨。」轉頭離開的沈璃沒有看見，幽蘭抬頭望了望她的背影，又摸了摸自己的手，神色莫名複雜。

沈璃走到白色毛團身邊，俯身將牠拎起來，白色的「長毛狗」睜著黑溜溜的眼睛，淚汪汪地望著她，喉嚨裡發出乞憐的嗚咽聲。她毫不憐惜地將牠一抖：「說！爾乃何方妖孽？」

「長毛狗」抖得更厲害。

「王爺！王爺手下留情啊！」白鬍子老頭拿著拂塵急匆匆地從不遠處奔來，直至沈璃跟前，衝著她行了個禮，道：「此乃神君養在天外天的神獸禍鬥，並非妖物啊！」

行止養的？沈璃將「長毛狗」丟給白鬍子老頭抱著。「你們神君是要做天界的養殖大戶嗎？什麼都有他的份兒。」

「呵，聽王爺的語氣，倒像是抱怨什麼都是我的過錯。」一句話橫空插來，周遭的仙人皆躬身行禮。行止翩然而來，白鬍子老頭忙放下禍鬥，俯身叩拜：「小仙有罪。」

行止扶了老頭一把，目光落在沈璃身上，眸中波光一動：「受傷了？」

沈璃抱手一拜：「託神君的福，只受了點皮外傷。」

行止指尖動了動，最後還是壓抑住了什麼情緒似的，只彎腰將禍鬥抱起，摸了摸牠的腦袋，禍鬥委屈極了似地在他掌心蹭了蹭，行止輕聲問：「怎麼回事？」

白鬍子老頭道：「小仙遵從神君吩咐，從天外天將禍鬥帶去西苑，怎知走到此地禍鬥突然發了狂。我拉也拉不住，傷了王爺和洛天神女，實在是小仙的過錯。」

行止這才遠遠看了幽蘭一眼，沉默許久後，道：「禍鬥突發狂性也並非你的過錯。你且送王爺回西苑，然後找個醫官來看看。」他身子一轉，行至幽蘭跟前，將她扶起。「妳隨我走走。」

幽蘭臉色灰敗地點了點頭。

沈璃回到西苑，沒等天界的醫官，她實在不敢相信天界之人了，便自己包好傷口換好衣服。見白鬍子老頭在後院找了根繩子，要將禍鬥套上，沈璃阻止道：「別套了。」

老頭微微遲疑：「可牠若再傷了王爺……」

「牠乖的時候不套也行，牠不乖的時候套住也沒用，所以別浪費繩子了。」而且，沈璃不傻，禍鬥身為神獸，怎會無緣無故發狂，看行止今天將神女私自尋去，沈璃便知，這禍事必是那幽蘭自己惹出來的。想到此處，沈璃有些嘆息，她這才來天界幾天，便遭到這麼多有意無意的攻擊，實在是與此處八字不合啊。

白鬍子老頭想了想，倒也沒有執著地用繩子去套禍鬥，嘴裡嘀咕道：「這樣也好，王爺，妳喜歡牠便與牠多玩玩，本來神君也是找牠來給王爺打發時間的。」

沈璃聽罷，身子微微一僵，末了一推房門，面無表情地回了自己房間。

若即若離，看似無心卻有心，沈璃在房中枯坐半日，想不通行止如今對自己到底是怎麼個想法。她覺得自己就像那隻長毛狗，想起來的時候逗弄兩下，像是閒暇裡打發時光的樂子。

傍晚時分，房門被輕輕敲了兩下，沈璃去開門時卻沒看見人影，只有熱騰騰的飯菜放在房門口。沈璃倒也不客氣，端著飯菜便回去吃。這個人的手藝沒半點退步，只是這樣的東西對沈璃來說，難免吃出一點物是人非的感慨來。

她將碗收了，放到門口時，忽見行止從她對面的一個房間裡走出來。那不是他的房間，但沈璃常見他從那個房間裡出來。

兩人打了個照面，沈璃只對行止點了點頭，什麼也沒說便將門關上。一句「飯菜還合口味嗎？」塞住喉嚨，行止看了眼緊閉的房門，倏地一笑，形容微苦。「飯菜還合口味嗎？」「傷口不要緊吧？」「無聊的話可以和禍鬥玩一玩。牠不會再傷你了……」

有那麼多話想說，但是他不該說，對方也不給他機會說了。

進退失據……

原來是這樣的感覺。

夜裡，沈璃死活睡不著覺，索性出門在院子裡走走。天界的月亮極圓極亮，在黑夜中給房屋照出屬於夜的光輝。沈璃轉眼瞥見對面房間似乎有星星點點的光芒自裡面溢出，她知道這是行止常去的那個房間，心底猛生一股好奇，這裡面莫不是有什麼奇珍異寶？沈璃瞧了瞧行止房間緊閉的大門，輕手輕腳地往對面的房間走去。

推門，進屋，小心翼翼地將門扉掩上。沈璃一轉頭，看見了一個巨大的屏風，上面不同於平常的花草樹木，山河風光，而是一片透藍的夜空，上面繁星點點，宛如一張天幕，其間星河流轉，竟是一幅會動的畫。

沈璃看得嘖嘖稱奇，覺得這裡面果然藏了奇寶。

可當她繞過屏風時，卻驚呆了。這裡不是一般的房間，而像是開闢出來的另一個空間一般，腳下無底，頭上無頂，沈璃似是走到了剛才那個屏風的畫裡，星河雲海，宛如不在這世間。

而更令沈璃驚奇的是，在那一顆顆璀璨的星星上，彷彿還刻有小字，她瞇眼仔細一看，心頭更驚。

神觀月、神落星、神清夜……

這裡竟是……供奉上古神靈位的地方！

「這裡最好不要進來。」行止聲音輕淡，但還是嚇了沈璃一跳，她瞪圓了眼轉頭看他，行止見了她這表情，倏地一笑，「我先前沒與妳說過嗎？」

沈璃愣愣地看著行止，心裡琢磨著，供奉上古神靈位的地方當是極清淨之地，輕易不得讓人進入。只是……把這麼重要的東西隨便擺在這樣一個房間裡，真的沒關係嗎？天界的人是日子過得太舒坦連防備也不知道了嗎？門口也不知道設個結界攔一下……

「我現在出去還來得及嗎？」

沈璃雖為魔族人，也向來不喜歡如今天界這些仙人的作風，但對上古神還是有幾分尊敬的。

「來不及了。」行止低頭一笑，仰頭望著天空中閃爍的靈位道：「也不是什麼大事，既然來了便拜拜吧，已經許久沒人來看過他們了。」

既然行止都這樣說了，沈璃便也沒急著出去。她仰頭望著滿天星辰，那些靈位好似有靈性一般，漸漸圍成了一個圈，將沈璃與行止包圍在中間，像是一群人圍著他們探看一樣，行止脣角掛著淺淺的笑意：「此處與天外天的景色一樣，他們素日也都排成星宿的模樣，不會到處亂動，今日見妳來了，竟都過來看熱鬧了，他們很是高興啊。」

沈璃瞧了他一眼，見他脣角笑意雖淡，但卻將愉悅的情緒染上了眉梢，與他素日的笑容大不相同，沈璃知道行止此時是真的開心。她轉眼看著飄浮著的冷冰冰的靈位，心下莫名覺得有些蒼涼。

對沈璃來說，她看到的只有這些靈位上刻的字，而行止看到的卻是他曾經的朋友，一些再也回不來的友人。到現在，已經沒有人知道行止到底活了多少年了，他被三界稱為尊神，享最高禮遇，獨居天外天，臥蒼茫星辰，觀天下大事，可卻再沒人能伴他左右了。

他站得太高，誰都無法觸碰。

「會覺得……寂寞嗎？」沈璃鬼使神差地問出這句話。行止轉頭看她，沉默了一會兒，笑道：「為何如此問？」

「我不知道你是怎麼想的，但若有朝一日魔君、肉丫，還有我的將軍和下屬們皆變成了不會說話的牌位，我還要一人守著空無一人的魔界過日子……」沈璃一頓，「我必定是活不下來的。」

行止淺笑：「習慣了便好，而且重任在身，妳說的寂寞也好，生死也罷，都不在我掌控之中了。」

沈璃看著他：「神不是把世間所有都握於掌中嗎？」

「算是吧。」行止道：「可唯獨我自身除外。神因力量過於強大而不能動私情，妳約莫是知道的，而生死也非我能把控的。除非我壽盡之日化為天地之氣永駐山河，否則，我還不能死。」

沈璃一愣：「神也有……壽盡之日？」

「自然，萬物有生豈能無滅，即便是神也不能逃脫。我壽命雖長，但終有盡時，待到那日，我便隨天道之力，化為天地間一縷生機，融入山河湖海之中，神形雖滅，然而神力永存，繼續守著這萬物星辰。」

沈璃聽得又一愣：「既然如此，這些神便都是壽終正寢，化為了天地間的一縷生機？」

行止搖頭：「有三成是壽數盡了，但餘下七成，皆是在壽盡之前出了變故，行有違天道之事，被廢去神格，永墮輪迴，嘗人世百苦去了。他們是神形俱毀，神力蕩然無存，他們生前在天地間留下的法術也會盡數消失。」他抬頭：「這些靈位，也算是天道仁慈，給餘下的人留的一點念想罷了。」

他親眼看著身邊的人一個個離去，這裡的牌位漸漸變多。

「也就是說，順應天道享盡壽數而去的神明，他的神力還會在世間留存，而被天道廢去神格的神明，便什麼也不會留下……」沈璃呆怔，腦子裡忽然閃過一件可怕的事情，「若是你如今出了什麼變故，被廢去神格，那麼你的法術便會盡數消失。那墟天淵……」

行止點頭：「墟天淵乃是由我撕裂出來的另一個空間，我若被廢去神格，沒有神力維繫法術，它自然會消失。」

沈璃臉色一沉：「數千隻像蠍尾狐一樣的妖獸會跑出來？」

「不。」行止唇角的弧度稍落，「牠們會隨著墟天淵的消失而消失，但與此同時，魔界也會被墟天淵牽連，一同淪陷。」

沈璃一驚：「為何？」

「即便是神，要開闢出另一個那般巨大的空間也是極為困難的。」行止隨手一揮，一道光芒在他掌心劃過，「即便是開闢出來，也會如此光一般，稍縱即逝，唯有依憑山河之力，借自然大道，方可成就墟天淵。所以我借由魔界五行之力，灌入神力，才鑄成墟天淵。也就是從那時開始，魔界便與墟天淵連在了一起，同存共亡。」

沈璃不敢置信地瞪著行止，怒道：「你竟然做出這種不顧及魔界子孫後代的事！」將墟天淵與魔界連在一起，若有朝一日墟天淵有什麼動盪，魔界豈不是第一個遭殃！

「那時，開闢另一個空間是解決妖獸之亂最快的方法。」行止聲音微冷，即便是現在，談到當年的決定，他也沒有半分猶豫，「若不那樣做，現在早已沒有了魔界。」

沈璃咬牙，她知道，在一場戰鬥中，有時為了一定的利益必定會做出犧牲。但這樣的犧牲……

「你不能出任何變故。」沈璃咬牙道：「一絲一毫都不能，必須給我活到壽終正寢時。」

行止低頭一笑：「這是自然。更何況，如今天外天就我一個神，整個天外天由我一人神力維繫，若我出了變故，彼時天外天傾覆，星石落瓦盡數砸在九重天上，必定使九重天塌陷，危害天下蒼生。」

行止的話說得輕鬆，可卻在沈璃心上壓下更重的石頭。思及幽蘭與自己說的話，沈璃垂了眉目，她說得沒錯，行止不能出事，沒有誰能承受失去他的代價。只因為他早已不單單是他自己了，如此沉重的責任，實在讓人難以背負……

「所以，」行止輕輕開口，聲音極淡，但其間情緒湧動，饒是遲鈍如沈璃也有所察覺，他的目光映著璀璨星河，一字一句道：「沈璃，我不能喜歡妳。」

語氣中告誡的意味如此明顯，也不知是在警告誰。

沈璃心頭莫名一抽，轉過頭去：「神君在說笑呢，事到如今，沈璃哪兒還敢對神君抱有什麼幻想。只要神君莫要時不時地撩撥沈璃……」

「我控制不住啊。」行止忽然打斷沈璃的話，如此不負責任的話，他卻帶著笑意說了出來，「我控制不住啊，想撩撥妳。」

這傢伙……

沈璃拳頭一緊，忍下翻湧而上的怒氣，回過頭，直勾勾地盯著行止，冷了語調，連撐面子的尊稱也懶得用了：「你到底什麼意思？」說自己責任沉重，不能動情的是他，說出這種話牽絆她的也是他。推開的人是他，握緊的人也是他。沈璃再是能忍，此時也忍不住了：「你有毛病是嗎？」

行止點頭：「我約莫……是患上什麼毛病了吧。」

這算是承認了什麼嗎……

沈璃盯著他，突然覺得原來真有這麼一個時刻，心裡面各種情緒湧動，但卻找不到任何一個字能說出口。房間裡靜默了半晌，連那些靈位都各自飛回了屬於自己的位置。

沈璃這才慢慢反應過來行止的意思，然後頓覺此人真是卑鄙透頂。他的話說得如此模稜兩可，但背後的意思卻那麼明確——所有的情緒都該收斂了。

可是他說他做不到，那麼……沈璃忽然點了點頭，「既然如此。」她深呼吸，憋住胸口的悶氣，盯著行止，聲音鏗鏘有力，「本王必替神君治了這毛病。」

這本不是她一個人能控制的事，但有什麼辦法呢，一個負起天下重責的人在她面前耍賴……

那就由她來吧，碧蒼王沒有斬不斷的東西。

行止低笑：「有勞王爺。」行止側目望進沈璃漆黑的瞳孔，裡面映入了漫天星辰，讓行止有片刻的失神。他扭過頭，眨了眨眼：「還望王爺……莫要治標不治本啊。」

沈璃冷笑：「定不負所託。」

她轉身欲走，行止卻突然又喚道：「王爺……」沈璃頓下腳步，等了一會兒，行止才道：「行止還有一事相託。」

沒等沈璃答應，他便說道：「我亦不知自己到底活了多久，壽數何時盡，但若有朝一日，我神形消失，化為天地生機，留下一個靈位在此，還望王爺閒時來探望打掃一番。」
即便是下了再大的決心不去搭理行止，此時沈璃也忍不住微微回頭：「為何是我？」
行止一笑：「因為……妳正好看見了。」
因為……若有那一日，在那之後，他還想讓沈璃來看看他。行止比誰都清楚，記憶不會保存太久，但常看看總是會記得久一些，若是她早早地便將他忘了……
那他……該多寂寞。

第十五章

百花宴

百花宴明日便要開了，自那日與行止交談之後，沈璃便沒再見過行止，即便是同一個屋簷下，有著法力的兩個人要想避開對方還是極為容易的事。

在那之後，行止仍舊會做飯送到沈璃房門口，只是中午擺上的飯菜，到晚上沈璃也不會動。過了兩日，行止便不再送飯來。

然而沈璃卻不能讓自己餓著肚子，她雖不喜歡天界的仙人，但每天還是要出門晃蕩晃蕩。這日她晃去了設百花宴的場地，欲拿幾個仙果充飢，可她沒想到自己剛手快拿了一個桃，一轉身，洛天神女便剛好站在背後將她盯著。

沈璃一聲輕咳：「天界的桃子長得挺大。」說著便要將桃子扔回去。幽蘭卻道：「此桃並不算大，乃是一百年結果的桃樹所出，並非什麼希罕物事，王爺盡可嘗嘗此桃，再嘗嘗旁邊那盤子裡五百年結出的桃，高低立有所判。」

這是……讓她隨便吃的意思？沈璃眨著眼睛看幽蘭，幽蘭稍稍不自然地別開眼神扭過頭。她走到沈璃身邊，揀了三個桃子，拿了一壺酒，往沈璃懷裡一塞，下垂著腦袋快步走了。

沈璃看著自己懷裡的食物，還有些沒反應過來，這神女如今到底是什麼意思？想藉著這幾個仙桃噎死她不成？還是要陷害她偷拿仙果？身邊有個小仙婢在忙碌，沈璃轉頭問：「妳們神女塞給我的東西，我拿了不算偷吧？」

小仙婢一怔：「王爺說笑了，既是神女給的，自然不算偷。」

沈璃一挑眉，果斷拿了個桃子放進了嘴裡。

沈璃一路就著酒吃著桃慢慢悠悠回了西苑，可是走到房間裡沈璃便覺得不對了，這天界的酒酒勁未免也太大了點，她一倒在床上便睜不開眼了，沈璃拽了被子將臉埋在裡面嘀咕：「我就知道沒安好心，在這兒等著我呢……」

沈璃睡下一整晚都沒有醒過，直到第二日，百花宴開宴的鐘聲響徹九重天，敲了整整九九八十一下才將沈璃敲醒。沈璃從被子裡伸出腦袋，一看外面的天色，登時驚醒。

她可是代表魔界來的，若遲到了，那可是個大笑話。她翻身坐起，快速紮起頭髮，推開房門，行止早已不在，那傢伙竟也不叫她！沈璃心頭邪火一起，但又無奈地壓了下來，他們最好連室友的情分也不要有……

行至前院，沈璃欲駕雲而飛，可天空中忽然一道紅光劃過。沈璃眉頭一皺，初時還以為是天界放的禮花，但見紅光越來越近，竟是直衝著西苑而來。沈璃眉頭一皺，尚在猶豫要不要將其攔下，便見紅光突然加速落在西苑大堂的房頂上，只聽「轟隆」一聲，大地一顫，西苑的大堂坍塌，熾熱的火焰瞬間蔓延開來，燃出一片橙紅的天。

天界……被攻擊了？

這個念頭在沈璃腦海裡一閃而過，她抬頭望向遠處，只見不知從哪兒射來的火球再次往西苑這兒砸下，而其中一個火球將要落下的地方，是那個放置靈位的廂房！

行止脣角真切的笑意在沈璃心頭劃過，她沒有絲毫猶豫，身形一閃便落在那廂房頂上。

洗髓池中被洗去的魔力尚未找回，沈璃大喝一聲，勉強撐出一個半圓形的結界，將廂房護住。然而這火球竟全然超出她想像，極度熾熱，攜帶著巨大的壓力，若不是鳳凰天生火性，或許在她接住這壓力之前便已被燒灼為灰燼。

腳下「咔嚓」一聲，是瓦片碎裂的脆響。沈璃一咬牙，眼底紅光大盛，她沉聲一喝，周身法力化為一束金光，攜著排山倒海之勢，直衝著那火球而去，將其從內部震碎，化為塵埃一般的火星，散落在廂房四周。

沈璃隻身立於房頂，垂下的手慢慢滴出血液，是背後的傷口掙開了。

然而沒給她半分休息的時間，火球再次迎面而來。沈璃面容凝肅，不躲不避，拳頭一握，眼底是絕不退縮的決絕。

八十一聲鐘響罷，天君微微一欠身，對行止道：「神君上座。」這樣的場合，即便是天君也坐不到最高的位置上，但卻沒人知道行止是最不喜坐那個位置的，臺階上的白玉座，太涼……

一束紅光自天際劃過，眾仙目光追隨而去，有仙人笑道：「那是哪家的座駕，看著真威風漂亮。」

話音未落，忽聞一聲巨響，西邊天空一片豔紅，仙霧繚繞的雲巔一顫，杯盤俱倒，稀里嘩啦摔得一片凌亂，仙女宮娥忍不住低聲驚呼。然而慌亂之後卻是一陣可怕的寂靜，舒坦慣了的天界，在此時竟無一人反應過來發生了什麼事。

行止未在白玉座上落座，他舉目一望，但見遠方又是幾個火球追著先前的紅光而去。他眉目一沉，心底莫名生了些許慌亂。

「報——」侍衛拉長的聲音在寂靜的百花宴上顯得尤為刺耳，他一路跑來，一身華麗而累贅的鎧甲發出清脆的響聲，仙人們好樂音，但此時卻沒人有心思欣賞清脆之聲，只聽侍衛驚惶地喊：「有……有火攻！往西苑去了！」

眾仙大驚。侍衛聲音嘶啞而顫抖：「燒起來了！」

清風一過，沒人看見上座之人是什麼時候消失的，待大家回過神來時，百花宴上哪兒還找得到行止神君的身影。天君這才反應過來，忙召來將領，急忙分配任務，自己則親自領著一隊人馬飛速往西苑而去。

碧蒼王代魔界赴宴，而此時尚未出席，應當還在西苑，她若在天界遇襲，那可不好與魔界交代，而且，西苑還供奉著上古神的靈位……看行止神君著急的那個模樣便知道，那些靈位對他來說極為重要，一個也損失不得。若護衛不及，彼時神君動怒，那可就糟糕了。

火球一個接一個砸下，沈璃雙腳下的屋瓦已盡數碎裂，她心底不止一次咒罵行止與天界那些蠢貨，如此重要的地方，竟不知設個結界護衛一下，而且事發這麼久，他們就沒有誰看見這裡不對勁嗎!?如此高調地用火球在空中攻擊，就沒人去找到攻擊的人，將其斬殺嗎!?

天界閒人們當真是舒坦日子過久了，腦子都拿去長膘了不成！他日若魔界要攻上天界，沈璃覺得不用一天就能讓這群酒囊飯袋俯首稱臣！

又是一個火球落下，這力道竟比先前更重幾分，沈璃聽見腳下的房梁在「吱呀」作響，顯然，這廂房支撐不了多久了，而這些攻擊還沒完沒了……沈璃咬牙，心頭只覺無比憋屈，她向來善攻不善守，且喜歡速戰速決，今日讓她撐了如此久的結界，不如讓她被敵人直接砍上數刀來得舒坦。

背後的傷口不斷裂開，血已經浸溼了背後的衣裳，失血過多加上法力不繼，漸漸讓沈璃有些撐不住了，體內如同被掏空一般，一個個火球擊中她撐起的結界，巨大的壓力令她微微彎了膝蓋。而更麻煩的是那些灼熱的火焰，沒有法力傍身，零碎的火球碎片扎入沈璃那已顯得岌岌可危的結界裡，在她臉頰上烙下通紅的印記。然而沈璃向來對皮外傷不在乎，只怕那些火星燒到眼睛裡……她正想著，一個火星呼嘯著向她瞳孔扎來，沈璃下意識地閉上眼，垂頭躲開。

然而，便是在她這恍惚的瞬間，又是一個火球堪堪擊中沈璃站立之地，巨大的衝擊力致使沈璃腿一軟，一個膝蓋狠狠地跪在房梁上。只聽「咔」的一聲，房梁折斷，在沈璃跪的地方凹陷下去一塊。

遭此突然一擊，沈璃體內本就不穩的氣息更是一亂，血氣翻湧，饒是她死命壓抑，也仍有血自嘴角溢出。然而卻不知是不是在這危急時刻產生了錯覺，似有一股清涼之氣自破損的房梁之中竄出，包裹著她周身，緩解了燒灼之苦。

但這時沈璃哪兒還有心思去感受這絲涼意，只覺得這是生平頭一次連敵人都沒看見，便被逼至如此境地，實在讓人憋屈！沈璃心中有氣，一抬頭，卻見一個比之前所有火球都要大的火球急速而來。

她心頭方閃過「糟糕」二字，忽覺周身氣息狠狠一涼，巨大的壓力瞬間被移去，白色衣襬在眼前飄過，單膝跪著的沈璃在逆光之中只看到了一個背影。

因著要出席百花宴，他頭上的髻挽得比平時規矩一些，但還是一副懶散散的樣子，燥熱的風一吹，使得他衣袂與長髮齊飛，好不瀟灑。他的身影阻擋了全部的熱浪與壓力。沈璃隻手捂著胸口，感覺那顆方才還因戰鬥而急速狂跳的心臟，此時如同被安撫了一樣，舒緩下來。

這個背影……能帶來太多的安全感。

對碧蒼王來說，極少體會到的安全感……

熱浪襲近，巨大的火球攜著好似要將一切化為灰燼的力道，洶湧而來。行止面容沉靜，只輕輕一探手，那火球竟猛地止了來勢，如同被套住脖子的惡狗，掙到了繩子的極限，再也無法向前一分。

「滾！」行止一聲喝，衣袖一揮，但見巨大的火球依著來時的速度，照著來時的軌跡，就這樣被輕而易舉地拋了回去……

拋……回去了。

沈璃約莫理解，天道為何不許神明生情。如此強大的力量，若隨心所欲，使於私情，那天下豈不大亂？

火球飛回去的那邊燃起了熊熊火光，果然再無火球襲來。

想著對方此時手忙腳亂的模樣，沈璃只覺好笑，然而心頭一鬆，周身更覺疲乏。失血過多的她再無法控制自己的身體，向後一仰，從破爛不堪的屋頂上滾了下去。

但在摔在地上之前，她不出所料地被人拽住。而出人意料的是，拽住她的人，卻不只是將她拽住了。

溫熱的手掌貼在她早就溼透的後背上，臉頰上的傷也被人用涼涼的手輕輕撫上。行止的臉在她眼前放大，就算此時沈璃已精神渙散得看不清別的東西，但行止那雙眼睛沈璃看懂了。

他在生氣，他在說：「沈璃，妳不想活了嗎？」

「死不了。」她聽見自己含糊不清的聲音，「只是有點累。」

「為了這屋子將自己逼成這樣……」他好似極力隱忍著情緒，「妳到底……多沒心眼？」

「我總不能……」沈璃的眼睛快要閉上了，疲憊的身軀沒辦法撐住她的腦袋，她頭往前一栽，額頭抵住行止的肩頭，聲音小而模糊，「我總不能……讓你一點念想都沒有了。」

行止看見那些靈位時，閃亮的眼睛和有溫度的笑容讓沈璃只看了一眼，便深深記在心中，而且再也忘不掉了。

行止指尖微微顫抖，像是掙扎了許久，他一隻手環著沈璃的背，另一隻手狠狠按住她的後腦杓，將她按在自己懷裡，力道時而緊，時而鬆，他……控制不了自己。

原來還真有這麼一個人，讓他在她面前，連拿捏的力道都沒法掌握好……

手指在她頭髮上輕輕摸了摸，他的唇恰恰落在沈璃耳邊，行止垂了眼眸，低了聲調，三分無奈七分苦澀，只說給沈璃聽：「王爺，妳當真是在幫我控制嗎……」

天君這時才領著侍衛們匆匆趕來。除了沈璃拚命護著的廂房，別的地方已盡數燒成了灰燼，行止神君便在一堆破磚爛瓦中將碧蒼王抱著，他背對著眾人，沒人看得見神君臉上的表情。

天君微驚：「行止君……」

「別過來。」行止聲音輕淡，「我在幫碧蒼王治傷。」他說：「誰都不准過來。」

果然無人敢上前一步。

行止便在所有人面前，將沈璃抱著，將平日看起來那般強悍的碧蒼王抱著，眾人這才發現，原來，和神君比起來，碧蒼王竟是那麼嬌小……對了，碧蒼王也是一個女人，她本來就該是纖細嬌小的……

天君下令徹查火襲天界一事，然而三天之後才在天界北邊一隅尋到，被行止扔回去的那個火球砸得亂七八糟的現場，一個活人也沒有，人家把現場擺在那兒讓人去尋，天兵們也尋了這麼久，其效率之低，令有識仙人皆感到擔憂。更令人擔憂的是此次襲擊天界的傢伙……

不是魔物，不是妖物，而是一直潛伏於北邊深海之中的北海一族。他們是極為溫順平和的一個族群，千萬年來從不挑起戰爭，這次卻像瘋了一樣襲擊天界，是天界在下界做了多令人無法忍受的事？

天君震怒，立即著人去北海一探究竟。然而北海的消息未探回來，魔界五天前便遞上來的一紙急書，看得天君白了臉色……

西苑塌了，沈璃又住回了拂容君府裡，只是這次為防有人趁她傷重之時下毒手，拂容君親自給沈璃住的房間加了個結界，行止也不客氣地住進了拂容君府裡。兩個貴客在家裡待著，拂容君再也沒法在府裡胡作非為，心裡十分不暢快。

這日他正喚了相識的仙君來對弈，對方笑他：「你看看，這碧蒼王受個傷，天君龍顏大怒，行止神君給她治傷又細心照顧，還未成親，神君和天君便把碧蒼王的腰給撐起來了，看來這魔界的面子大得很，待日後成了親，拂容君，你唷……嘖嘖嘖。」

拂容君聽得臉色鐵青，逕直將棋子一掃，棋子甩了一地，他怒道：「我還用你來挖苦！我找你來是讓你給我添堵的不成？滾滾滾！」

對方不氣反笑，正氣得拂容君火冒三丈之時，一陣凌亂而快速的腳步聲傳進院子裡，幽蘭的臉色沉凝，看見拂容君這裡的場景，她冷冷道：「碧蒼王沈璃呢？」

拂容君一怔，苦惱地揉了揉額頭：「我說皇姊，妳少來添點亂成不成啊？人家現在有神君護著，咱們哪兒討得了好，妳消停消停回去吧。」

幽蘭目光冰冷，盯著拂容君又問了一遍：「碧蒼王沈璃呢？」

拂容君這才察覺出事情不對，遲疑道：「在……在後院廂房裡呢，為了養傷，我給她設了結界的……」

「帶我過去。」言罷，幽蘭便急著往前走，邁了兩步沒見拂容君跟來，她一回頭，目光淩厲地瞪他。拂容君嚇得膽一顫，忙走上前去給幽蘭帶路，一邊走一邊問：「到底出什麼事了？」

幽蘭沒有理他，待走到小院門口，拂容君猛地頓了腳步：「我把結界打開，妳進去吧，我不去了，看見行止神君我害怕……」

幽蘭沒有半分猶豫，跨進院子裡，結界在她身後闔上。看來這次拂容君是花了點心思在沈璃養傷的地方，曲徑通幽，小道兩邊皆是芬芳草木，隔了外界喧囂。幽蘭越走越快，卻在即將走出芬芳樹林之時頓住了腳步，只因她透過樹影隱隱看見了神君與沈璃兩人在門口站著，沈璃面有不豫之色，兩人正在爭執。

「皮外傷何須將養這麼久！簡直就是浪費時間！」沈璃站在門內，行止在門外抱手堵著，神情淡然，越發襯出了沈璃的著急，「讓我出去！」

「傷好之前不能出去。」行止的聲音輕淡。

「傷已經好了！那些火球根本沒有想像中那麼厲害……」

「若不是房中靈位之氣溢出，吾之友人們以神力護住妳的心脈，妳以為今日妳還能如此大聲說話嗎？」

沈璃一愣，恍然記起那時是有那麼一瞬間感覺周身清爽了許多，原來……竟是那些靈位之氣溢出來護住了她嗎……沈璃覺得那些上古神真是神奇極了，毀得只剩一個牌位，也還能抽空保護人……

沈璃繼續道：「如此，有勞神君下次去祭拜之時幫沈璃帶聲多謝。另外，既然當時我已經被護住，此時傷也好得差不多了，快讓我出去。」

「不行。」

沈璃大怒，一字一頓地問：「你關著我作甚！」

「妳出去作甚？」

沈璃氣笑了：「已過了五天時間，天界卻還沒捉到主謀，什麼往北海去查探消息，就算探消息的人是前天出發的，這兩天都能在天界和北海之間跑十幾個來回了，探消息的人是栽在水裡迷路了不成？」沈璃唾棄：「什麼效率！」

行止笑道：「該急的人不急，妳卻在這裡瞎著急。」

「被關在這裡我就差瞎了！」沈璃一咬牙，暗自嘀咕：「若換作往日，我定要提槍端了那群混帳東西的老巢。」

「妳是被人揍了覺得心懷不甘，想要討回去吧。」行止笑著戳穿她的掩飾，沈璃眼神移開，因為生氣，她的嘴下意識地有些嘟起，然而弧度極小，若不仔細看根本無法察覺，但在行止的角度，卻能看到她微微鼓起來的臉頰，那一塊有些膚色不均的地方是她先前被燒傷的痕跡，想著那日倒在自己懷裡的傢伙，行止幾乎是無意識地用大拇指按住了那一塊皮膚，輕輕摩擦了兩下。

沈璃恢復能力極好，不管是體內還是體外，這指腹下的皮膚，不過過了五天的時間便已全然恢復，只差那麼一點顏色……

「會幫妳討回來的。」他輕聲說著。微啞的嗓音聽得沈璃微微一愣，她抬頭看行止，然後「啪」的一巴掌打開了他的手。她肅容盯著他，目光清冷而理智。

行止手腕被打出了五個手指印，他看了沈璃一會兒，垂下手，任由寬大袖袍遮擋了痕跡，他笑笑，一時竟不知自己該說什麼話才好。

「神君。」幽蘭忽然開口，自芬芳樹林裡走了出來，她一躬身，行了個禮。「神君、王爺。」兩人望向幽蘭，還沒來得及開口詢問，幽蘭便急道：「王爺，天君請妳去凌霄殿中，有要事。」

聽出幽蘭言語中的凝重，沈璃眉頭一皺：「帶路。」

行止微微一挑眉：「何事不能託人傳信過來？」

幽蘭一默：「神君，實乃要事。」

行止點頭：「如此，便一同去吧。」

凌霄殿中，天界的文臣武將分立兩旁，天君面容嚴肅地坐在龍椅之上，見行止與沈璃一同來，他眉頭微不可見地皺了皺，讓人在左側首位看座後，才開口：「碧蒼王，此處有魔界傳來的急書一封，妳且看看。」

侍從將書信呈與沈璃，沈璃接過，只掃了一眼，倏地臉色一白，聲色一厲：「何時傳來的急書？」

「五天前便傳來了。」天君有些嘆息，「奈何因著遭火襲一事致使眾仙人奔波忙碌，疏忽了此急書。今日才有人呈與朕看。」

沈璃臉色更冷，行止開口：「天君，到底發生何事？」

「魔界都城亦被北海一族襲擊，魔君昏迷，十餘名魔族將領犧牲，且各地發生暴亂……情況極危。」

天君每說一句，沈璃的眉頭便更緊一分。這是五天前的戰報，如今情況只會更糟，沈璃對天界的辦事效率已經無話可說，然而此時對盟友的任何抱怨都是無用的，越是這種時候，越需要冷靜分析……

沈璃閉上眼睛，清理心中翻湧的情緒，不消片刻，她便冷冷開口：「如此看來，五天前天界遭到的攻擊乃是佯攻，是對方聲東擊西之法。」

若是真想攻打天界，豈會只安排那麼一個發射火球的地點，又豈會向著西苑那般僻靜的地方打，對方不過虛晃一招，累得天界眾人上下奔波，亂成一團麻，無暇顧及其他，自然也不可能相助於魔界，其主要部隊則進攻魔界……但是……魔君昏迷，十餘名將領犧牲……

如此慘重的傷亡，這不是魔界應該有的。那裡和天界不同，沈璃很清楚，那些將領皆是萬中挑一的精英……

「沈璃懇請天君允許在下立時返回魔界。」

「這是自然。」天君一擺手，另有人呈上數盒丹藥，「魔君昏迷想是傷得不輕，這幾盒丹藥碧蒼王且拿回魔界，給魔君服用。朕已著人點兵，不日便可助魔界鎮壓暴亂，清除賊寇。」

「謝天君。」沈璃拿了丹藥，沒有半分耽擱，轉身離去。

見沈璃的身影消失在凌霄殿口，行止眉目微動，忽聽天君在身邊一喚：「神君對此事如何看？」

「魔界的暴亂與天界遭到攻擊絕不是巧合，若照常理推斷，這應當是奪權之爭，北海一族，或許也是被借來的幌子。」

天君點頭：「神君與我想到一處去了。魔界臣服天界多年，其中多有不滿之人，有人暗中作怪，想顛覆魔界如今政權、再立一個新王也不奇怪……只是彼時新王必定與天界相對，那可是極大的麻煩。」

凌霄殿內一時有些嘈雜，文臣武將都在與身邊的人輕聲議論。

天君轉頭，看向行止：「神君近來奔波勞累，百花宴也未辦成功，當真是我等無能。」

若是往常，行止定是得客套兩句，但今日他卻一句話沒說，倒像是同意了天君的話，無聲地說著「爾等無能」。

天君一默，百官跟著一默，最後天君咳了兩聲，微微尷尬道：「神君離開天外天已久，然而天外天乃是天下清氣之源，這些日子天界微亂，邪氣戾氣稍重……神君……」

「我明日便回天外天。」行止淡淡落下一句話，拂袖而去。

凌霄殿中靜了片刻，天君開口：「經此一事，暴露了天界諸多不足，想來大家也都看在眼裡，到底是舒坦日子過久了，這麼一件小事就讓九重天上下亂了一遍。各位仙家，該查的，該清的，是時候整頓一番了。」

百官頷首稱是。

沈璃剛走到南天門，不知自己是怎麼想的，莫名地回了個頭，恍然瞧見行止立在後面十丈遠的地方，目光沉靜地看著她。沈璃一抱拳，深深鞠躬：「這些日子多謝神君照拂。」沒有半分眷戀，沈璃高高束起的長髮在空中劃出一條乾淨俐落的弧線，她縱身一躍，下了南天門。

多日之後，行止不止一次地想過，為什麼那天他沒有將她喚住呢？為什麼就那麼輕易地放她走了……

他明明還有話想說……

第十六章

血流成河

踏入魔界的那一瞬，沈璃便覺空氣更比往日汙濁了三分。區別於平日的瘴氣，現在到處流竄著殺伐之氣、暴戾之氣，即便是都城的百姓也是焦躁不安的。

沈璃沉著臉色，自都城中央大道往魔宮走。一路上破敗的房屋訴說著當日魔界的倉皇，白幡在路邊凌亂而冷清地掛著，此處不像是魔界都城，而像是鬼都，一片死氣。

宮門前，侍衛頭戴白色布條，臉上的表情不似素日沉靜，而有幾分強撐的威嚴。宮門左側的侍衛見有人逕直衝著宮門走來，也未看清是何人，只將手中銀槍一豎，喝斥：「站……站住！」

沈璃眉頭一皺：「何故如此慌張！」她聲音微厲，震得兩名侍衛一愣，侍看清是誰，一名侍衛嘴一撇，不知道是在哭還是在笑。「王……王爺……王爺回來啦。」他腿軟似地跪在地上，狠狠磕了兩個頭，「王爺回來啦！王爺回來啦！」

另一名侍衛無聲地盯著沈璃，竟一把抹了淚。沈璃拳頭握緊。「成何體統！給本王將你們的情緒都收好！」她聲音威嚴，「本王不管現在發生何事，身為將士，當差之時便不許落淚，下次若再讓本王看見有垂淚動搖軍心者，斬！」

兩名侍衛叩頭稱是。

沈璃這才稍緩和了語氣：「魔君何在？」

「回王爺，魔君現在寢殿之中靜養……」

「還未醒來？」

「還未醒。」

沈璃只覺心如火燒，魔君力量強大，且極善謀略，一直有青顏、赤容護衛左右，尋常時極難被傷到。這一次竟傷得如此嚴重……沈璃幾乎是飛奔至魔君寢殿，還未走近便見有侍婢從寢殿裡來來回回地出入，而她們手中端的水盆在疾走中潑出血水來，鮮紅染了一地。

難道是魔君傷情還有惡化？沈璃越發著急，逕直衝進殿中，耳邊不停有人招呼沈璃，是魔界的官員們。此刻沈璃哪兒還有心思去應付他們，她繞過屏風，一掀簾便往內間去，堵在門口的醫官勸也勸不住。

躺在床上的魔君身上衣袍未換，頸邊稍有血液淌出，有醫官用乾淨的布按住她的頸項，然而不久那塊布便染溼了，只有讓侍婢拿去洗，然後又換上塊乾淨的。而她衣襟上面的血漬不知是第幾次乾了又溼，她臉上的面具未全取，只卸了下頷部分，露出了嘴唇，方便侍奉的人餵藥，她的唇色，透露出她身體狀況的糟糕。

那唇色……是青的。

沈璃將懷中的丹藥拿出，揚聲道：「此處有天君給的仙丹幾盒，醫官們來看看，有沒有現在用得上的。」此話一出，一旁的醫官也顧不上禮節，連忙將沈璃手中的丹藥拿過，一顆一顆倒出來細細辨認，然後才拿了其中一顆放進魔君嘴裡。不消片刻，魔君唇上的青色稍退，同時頸項上的血慢慢止住。

「這丹藥有用！這丹藥有用啊！」醫官們欣喜若狂，有人衝著沈璃拜道：「王爺當真是魔界的福將。」

「奉承的話便別說了，魔君身上的傷到底是怎麼回事？」

醫官們面面相覷，過了一會兒，一個老醫官答：「王爺，魔君受的傷只有這頸項上一劍。這一劍不重，只是傷到了皮肉，然而真正致使魔君昏迷不醒的……是毒。」

沈璃眉頭一皺：「什麼毒？」

「好似是一種瘴毒，初中毒時能使人喪失理智，而後會致人昏厥不醒，若中毒者身上有傷口，其傷口便無法癒合，流血不止。但是這種瘴毒與別的瘴毒有些許不同，它好似對魔族之人的身體傷害極大，而對他族之人不會產生大的威脅，簡直就像是針對魔族而提煉出來的毒藥一樣。」

瘴毒……沈璃不由得聯想到先前自己在揚州城時，被苻生下的毒。可那時那毒並不太厲害，行止也稍動法力便將瘴毒驅散了。如今這毒，與當時的毒有關係嗎……？

沈璃在魔君身邊守了一會兒，見魔君服下仙丹之後，唇上的青色盡數褪去，慘白慢慢浮現。沈璃能想像到，取下面具之後，這將是多蒼白的一張臉，她靜靜地看了魔君一會兒，拳頭不由得握緊。「青顏與赤容呢？」

一旁的侍衛答：「二位使者並未在此役中現身。」

沈璃面色一沉，太巧了，簡直就和算計好的一樣……她沉默了一會兒，問：「那些將軍……犧牲了的將軍現在何處？」

「尚在城外軍營中停放，可能還得過幾日才能下葬。」

「為何？」

侍衛聲音極低：「根據軍規，大戰之後，得先將士兵埋完了，才能安葬將領。」

沈璃愣然，轉頭看他：「已經過了五日，士兵竟還未安葬完？」侍衛垂頭不言。沈璃腦袋空了一瞬，她站起身來慢慢吸進一口氣，閉上眼，平復了情緒。「好好守著魔君，務必使魔君盡快醒來。」言罷，她出了魔君寢殿，顧不得什麼禮節規矩，逕直在魔宮裡駕了雲，直奔城外軍營而去。

沈璃還未靠近軍營，便能感受到那吹來的風中有一股濃濃的腐朽味道，飛近更是能聽到人們的哭喊之聲，有的嘶啞，有的淒厲，令人不忍耳聞。沈璃極快地飛過這一片區域，在軍營之中落下，將士正在忙碌，沒有人看見她，沈璃拽了個小兵問：「將軍們都在何處？」

小兵目光呆滯，抬頭看了沈璃好一會兒，眼珠子裡才慢慢有光亮照進來。「王爺……」他不敢置信地喚了一聲，然後看見沈璃還在，他竟一時激動得握住了沈璃的手。「王……王爺……」他臉色漲紅，大喊道：「王爺回來了！王爺回來了！」

眾人皆停下手中的活往這邊看來，但見沈璃果然立在那裡，人人皆大喜不已。然而聽著他們的歡呼，沈璃的心情卻更為沉重。

魔界並不是沒有規矩的一盤散沙，這些將士也不該做出把誰看作救世主的模樣。他們該是有秩序的，不管遇到什麼事都該按照預計方案行事，而在平常他們也確實是這個樣子，即便是吃了敗仗，也不會見他們有這樣的表現，而這一次……

看來，情況比想像的更加嚴重。

沈璃正想著，忽見前面疾步行來兩名將軍，沈璃立即迎上前去。「刀穆將軍、史方將軍……」她剛打了個招呼，其他話還未出口，兩名已近中年的將軍便「撲通」一聲在她身前跪下。

「末將無能！」

「末將有罪。」

他們的額頭狠狠磕在地上，力道之大，帶著極為不甘的憤怒和無法彌補的懊悔。

「將軍……」沈璃面容一動，即便再怎麼告訴自己此時要冷靜沉著，也不免為這兩位老將的叩拜而動容，到底是多大的打擊，才能使魔界驕傲的將士如此頹然。她伸手扶起兩位將軍：「先讓沈璃明白，魔界到底怎麼了。」

兩位老將這才慢慢起身，兩人一邊領著沈璃往軍營後方走，一邊解釋：「五日前，一隊人馬突然自南邊襲來。」只開了頭，刀穆的神色便已暗淡得幾乎說不下去，沈璃奇怪，最終還是史方接過話頭道：「對方只有兩百人馬……」

沈璃一驚，不敢置信。「多少？」

「兩百人。」

沈璃恍然明白為何將士會如此沮喪，都城守衛軍少說也有十萬，大大小小的將領加起來肯定也超過兩百人，而這麼多將士竟被區區兩百人馬……踐踏到如此地步。

「對方什麼來頭？」沈璃聲音微啞，不得不說，她即便沒有經歷這一場戰鬥，聽到這個數字也還是難免被打擊到。

「拿的是北海一族的旗子，那些將士皆是彪形大漢，身上不著片甲，赤膊上陣，也不使什麼武器，只徒手與人交戰，或是折斷對方的脖子，或是將人活活打死，更甚者，逕直將人從中撕開，力量極大。」史方的聲音沒有起伏，但即便是這麼平淡地說出這些話，仍舊聽得人心驚，「他們的皮膚好似與尋常人極為不同，普通將士的刀槍難入，唯有稍有道法修為的將軍，在兵刃上灌入法力，尚能傷其一二。」

「有無對方屍體留下？」

兩名將軍對視一眼。「沒有，不過末將可以肯定，至少有三十個敵軍被砍下了頭顱，但他們的屍首皆被對方帶了回去，唯有八、九個敵軍，被魔君擒住，硬生生將他們炸死。」

沈璃略一沉吟，兩位將軍的形容讓她不由自主地想到了在捕捉地仙、山神時，在揚州城城牆結界中遇到的那三個彪形大漢，若是他們的話，有兩百人，力量確實不容小覷。想到那個神祕的苻生，沈璃問：「他們可有領頭的人？」

「是一名極年輕的男人。他看起來倒與尋常人無異，只是一手劍法使得詭異，魔君便是被他的劍所傷。」

沈璃腦海裡立即浮現了苻生的身影。這樣一想，倒也說得通，那些彪形大漢是他的手下，瘴毒也出自他手，只是他怎麼會是北海一族的人？先前他在人界捉地仙、山神，現在又大費周章先佯攻天界，又襲擊魔界……

沈璃一頓，呢喃：「他攻擊魔界……到底是為了什麼？」

刀穆聽見她的呢喃自語，拳頭一緊。「魔君金印被他拿走了。」

金印，魔界政權的象徵。思及魔界各處同時發生的暴亂，沈璃眉目一沉，當真是為了奪權嗎？可光拿走一個金印，能奪什麼樣的權……

沈璃正想著，已經走到停放將軍屍體的靈堂。沈璃面容一肅，邁步進入，裡面將領不少，眾人皆讓開路讓沈璃過去。

一排棺木，十餘具屍體。這裡躺著的人，沈璃原來皆能喚出他們的名字，但是如今沈璃卻已認不出他們了，他們有的屍首不全，有的面目全非，有的……

沈璃在一個棺木前停住，這個棺木裡只放了一把殘劍和一些衣甲碎片，上面森森血跡顯得瘮人。

「這是誰？」她輕聲問。

「是墨方將軍。」身後的將領答：「他在戰場上，拚死斬下三個敵軍的頭顱，最後……被幾個敵軍圍住……被吞食掉了……」

墨方……被對方……吞……

吞食了？

沈璃搖頭：「活要見人死要見屍，沒有屍體，我不相信。」

周遭的將領皆垂首不語，靈堂中沉寂了許久，一個聲音喑啞道：「末將親眼看見的……」大鬍子將領神色頹然：「末將親眼看見墨方將軍被他們分食。」

沈璃扶住棺木，看著裡面的殘劍和破碎的衣甲，一股無力感纏住了她的腳步，讓她不能挪開半步。

「末將也是親眼所見。」有人低聲附和，「將軍本在北海探察消息，一路追著敵人而來，回都城時已是滿身的傷，最後在混戰之中，被……」

越來越多的人作證，讓沈璃不得不信墨方慘死的事實，她五指按在厚厚的棺木上，指尖用力到泛白。厚實的棺木上「咔嚓」一聲，留下指印。

她恍然記起那日魔宮之中，黑衣青年遠遠地站在假山旁邊說，只要是她的命令，他都會服從，那麼認真的模樣……

「知道了。」她點了點頭，聲音極小，卻好似一根將斷的弦，聽得人心都跟著懸了起來，「本王，知道了……」

她垂下頭，像是在默哀。她情緒沒有外露，而這一低頭，卻讓人感到這個一直挺直背脊的女子，此刻像隻被拔掉刺的刺蝟，在這一瞬間，沒了任何攻擊性。

魔族慘敗，將領慘死，若她那時在……若她在，事情會不會就不那麼糟糕……

沈璃咬緊牙關，然而不過片刻之後，她又抬起頭來，轉身離開墨方的棺木，繼續看完剩下幾個將領的屍體，然後慢慢向靈堂外走去。她腳步不停，一步比一步踏得堅定，一步比一步踩得沉著。

沈璃比任何人都清楚，人死不能復生，後悔無用，遺憾無用，她能做的，便是讓活著的人能繼續活下去。

踏出靈堂，空氣中腐朽的味道還是那般刺鼻。沈璃登上練兵臺，一手放於胸前，一手直指蒼天，心法口訣自她唇畔呢喃而出，白色的光輝自她周身慢慢升騰而起，一道光華以她為圓心，向四周散開。

「吾以吾名引忘川。」七字引魂術，字字鏗鏘，隨著話音落地，光芒所及之處，宛若螢蟲飛舞，在這蕭然的傍晚鋪天蓋地地往天上升騰而去，極美麗卻也極悲傷。

淒厲的哭聲彷彿要扯斷人的心腸，沈璃遠遠看見軍營外安葬將士的地方，有許多人哭喊著追著這些微弱的光芒，恨不能與他們同去。

沈璃雙手垂下，拳頭握緊。「我碧蒼王沈璃以命立誓。」她聲音不大，但練兵臺下的將領皆聽得清清楚楚。「此仇，必報！」

風一過，撩起沈璃的髮絲，無數瑩瑩之光在她眼前飄過，像是她的將士用最後的力氣，附和她的誓言。

天色漸晚，同一輪明月照耀著不同的地方。

小河邊的草木中靜靜立著一名披著絳紫披風的青年。「喔？碧蒼王沈璃已經回魔界了嗎？」

「是，屬下收到的確切消息，沈璃在今日下午便回了魔界。」黑衣蒙面的人俯首跪地，恭恭敬敬地答：「她帶回了天界的丹藥，解了魔君的毒，然後施引魂術引渡了都城數萬怨靈。」

「呵，簡直像個救世主一樣呢，難怪魔界那些庸人都將她供著。」青年的指尖輕輕觸碰粗糙的樹皮，「搜遍整個魔宮也不見鳳火珠的氣息，沈木月那傢伙必定是已將珠子給了沈璃。看來，如今不得不對付她了……」

「苻生將軍，上一戰我們已折損了五十八個魔人，有的屍體尚未拼接好，短期內怕是不宜再戰。」

「沈璃再厲害也不過一人而已。」苻生沉吟了一會兒道：「著四、五個魔人往墟天淵而去，沿途動靜做大一點，將沈璃給引出來，彼時我再親自動手，殺了她取回鳳火珠。」

「是。」黑衣人抱拳答應，隨即又遲疑道：「將軍，可是少主……」

苻生目光一冷：「此事事成之前不可讓少主知道。在有關沈璃的問題上，少主已經心軟過太多次。我殺沈璃是為取鳳火珠，也為除一後患。待沈璃死了，少主便是有什麼異議，也無計可施。」他指尖升騰出一股黑氣，不過一瞬，便將樹林整片包住，不一會兒，樹葉盡數枯萎，黑氣越發濃郁，最後凝成一顆小黑珠子落在苻生掌心。他一張口便將珠子吞食進去。「不過在這些事之前，先給我找幾個健壯的活人來，助我調理內息。」

「屬下得令。」

風一吹，枯萎的樹葉零零散散地飄落。

沈璃安排好軍營的事務後，已是回魔界的第二日卯時。她抽空回了一趟王府，見肉丫雖然受了一些驚嚇，但精神頭卻還好，噓噓也在，牠身上的毛已經長了老長，一人一鳥，從沈璃踏進房門的那一刻起便在她耳邊嘰喳喳地吵著，訴說著那日的驚惶。沈璃靜靜聽著，只在肉丫喘息的空隙摸了摸她的腦袋。「本王回來了，定不叫人再欺辱於妳。」

肉丫一怔，本還吵鬧的嘴登時閉了起來，兩隻眼睛通紅，望著沈璃，然後「哇」的一聲哭了出來。

她是真的嚇壞了。

在王府裡歇了片刻，沈璃換了身衣服，穿上輕甲，又要入宮。出門前肉丫喚住她，囁嚅了許久，最後只道：「王爺一定要保重啊！肉丫和噓噓都等妳回來！」

沈璃一笑：「無妨，不過是去趟宮裡，晚上就回來。」

肉丫點頭，可是看著沈璃頭也不回地走出府門，她心裡卻有一股莫名其妙的恐慌，就像……就像她再也不會回來了一樣。「王爺要保重啊！」她再一次大喊出聲。

沈璃揮了揮手，沒回頭。「知道了。」

魔君毒雖已解，但先前失血太多，如今尚未清醒。文臣們雖然著急，但也無可奈何，三位長老坐鎮議事殿，代替魔君暫行職權。沈璃坐於議事殿左側，靜靜聽著下方官員們匯報各地暴亂的後續情況。

簡直就像是為了牽制各地方軍一樣，在敵人襲擊魔都之時暴亂發生，然而不過幾天時間各地暴亂都漸漸平息下來。沈璃聽得眉頭緊皺，會發生這樣的事，只能說明……

「有內鬼。」其中一位長老平靜地說：「不單單從暴亂一事來看，老朽前幾日皆在研究對方撤退的路線，若不是極熟悉魔都構造的人，是絕對不會這麼快就撤出去的。」

而且更糟糕的是，各地同時發生亂象，那便說明，各地……皆有內鬼。

「查。」沈璃冷冷擲出一字，「這些內鬼不僅熟悉當地，而且還熟悉魔界的軍隊構造，必是軍中之人。在此戰中，失蹤的人，行蹤詭祕的人，均將其三族捉拿在案，一個一個地審。」

沈璃素來不是心軟的人，這個命令下得果斷，毫無半點猶豫。

「報！」急匆匆的聲音自殿外傳來，傳令者破門而入，跪地抱拳，「各位大人！那……那些刀槍不入的怪物，又出現了！」

眾人大驚，沈璃立時站起身來，目光陰冷若冰。「何處？人馬多少？」

「只有四、五個人，他們去的方向是墟天淵！」議事殿中立時嘈雜起來。眾人皆知墟天淵中有數以千計的妖獸，若是他們撞破了結界，放那些妖獸出來，於魔界而言可是滅頂之災啊！

「墟天淵的結界不會破。」沈璃道：「各位少安毋躁。」她沉著地問來報者：「除了動向，他們可還有別的舉動？」

「有……他們沿途燒殺……所過之處，一個活人也沒有……」

「混帳東西！」當即便有武將憋不住氣拍案而起，「當真欺我魔界無人嗎？」他抱拳跪地。「末將請戰！」另外兩名將軍也跟著跪下。「末將請戰！」

議事殿中一時嘈雜，有文臣勸道：「先前在都城都拿他們沒有辦法，如今便能戰得贏了？還是先破解他們身體之謎，而後才能有戰勝之法啊！」

「那如今就由著他們橫行霸道嗎？我便是拚上這條命，也……」

「閉嘴。」沈璃冷冷一聲喝斥，「我魔族將軍豈能如此輕易地便去拚命！當真讓人笑話了去。」

議事殿中靜了下來。

沈璃站起身，一身輕甲衣微微作響。「此次，由本王去會會那些怪物。」

沈璃先前有與這些魔人交手的經驗，只是不知過了這麼些日子，那些魔人有沒有變得更厲害一些。以防萬一，沈璃特意著三名軍中大將與自己同去，他們皆在幾天前與那些魔人過過招，相對別人來說更有經驗，也更有實力。

「此次出行不為殺敵，只為活捉，哪怕只捉回一人也好，帶回魔都著人研究，找出他們的致命點，以防之後再被襲擊。」出發前，沈璃叮囑他們，「切忌逞強行事。」
刀穆將軍一笑：「王爺還當我們是新兵嗎？戰場上最不可意氣用事，我們知道。」
沈璃點頭：「幾位將軍皆是軍中精英，我族不可再失去一人了。」
感慨罷，整裝出發，沈璃未回王府，她向來出征便是一身輕甲。四人駕雲而起，沒有大部隊拖累，行得極快，不時便追到情報中魔人肆意妄為的地界。不用探察，四人便在空中看到了火光刺目的地方，他們急急趕去，那處往北不遠便是墟天淵，不可讓他們再前進了。
沈璃眼尖，在雲上往下一瞥，只見一個魔人正拽住一個小孩，雙手扯著他的胳膊，張著大嘴，好像要將孩子吃掉。小孩已嚇得忘記哭泣，只愣愣地盯著那張血盆大口。
電光石火之間，一道銀光驀地自右側斬開，槍刃如刀，劈砍而下，逕直將魔人的手砍斷。沈璃知道他們的身體有多強壯，所以這一槍便沒有吝惜力氣，斬斷了魔人的手，槍刃狠狠打在地上，其力渾厚，灌入大地，周遭草木一顫，大地為之嗡鳴。魔人仰頭號叫，兩隻斷臂中湧出的血濺了小孩一臉，然而孩子只是愣愣地仰頭，望著沈璃的背影，好似還沒反應過來自己已經被救了。

沈璃沒空搭理孩子，只將他往身後一扔，丟進草叢裡，自己提槍上前，不給魔人反應的機會，槍尖附著凌厲的法力，逕直穿透魔人的心臟。

可僅僅是這樣的攻擊尚不能殺死魔人，沈璃也不欲將其殺死，只要讓他無法動彈便可。然而她還未將槍尖拔出，忽聽空中有人大喊：「王爺小心！」

身後一記凌厲的掌風呼嘯而來，沈璃身子一矮，躲過一擊。她拔出槍尖，橫槍掃過，逕直劃破後面那魔人的頸項，鮮血噴湧，不過片刻，沈璃已被血染紅了一身。

空中忽有交戰之聲，沈璃抬頭一望，竟有三個魔人在空中分別與三位將軍交上了手，這些傢伙何時學會的騰雲之術……他們果然是在不斷變強嗎……沈璃心頭驚異初起，忽覺背後氣息詭異地一動。

「碧蒼王別來無恙？」

什麼時候……沈璃手中銀槍一緊，頭還未回，槍已殺了過去，然而槍尖卻如扎進了棉花之中，力道盡數被卸掉，沈璃連忙抽身離去，直退到十丈開外，方才回頭打量來人。他一襲青服，面容未變。「苻生？」沈璃冷冷開口。

「哼，得碧蒼王如此掛記，鄙人之福。」

他做得一派客套，沈璃卻知此人心機深重，親自到此必定有什麼陰謀。她眉目一沉，聽到空中三名將軍與那幾個魔人的戰鬥尚在繼續，如今魔界這境況，沈璃實在沒必要現在便與他硬碰硬，徒增傷亡。

然而她才生撤退之心，便聽苻生道：「實不相瞞，我此次來見碧蒼王，乃是有一物欲向碧蒼王求取。」沈璃冷笑，還未開口，他又是一笑，道：「自然，我知道碧蒼王必定不會答應，所以……」

周遭殺氣驀地一重，他眼中冷意森然：「勞煩王爺將命留下。」

「白日做夢。」如此赤裸裸地挑釁讓沈璃眸中寒意更甚，兩人誰也沒有先動手，只是周遭氣流漸漸變得凜冽，兩人之間的草木早已被無聲撕碎，化為灰燼。氣流越發凌厲，蔓延到旁邊，樹叢簌簌作響，樹葉在風中瑟瑟發抖，時而顫抖著向左，時而顫抖著向右，在左右飄忽之間，不消片刻樹葉飛散而去，而樹幹則「咔」的一聲，猛地炸裂。

「啊！」本躲在樹後的小孩一聲痛呼，被炸開的樹幹逕直飛出兩丈遠。

不能再這樣下去！

孩子的叫聲就像一個信號，觸動了沈璃的神經，她腳尖用力向前一蹬，以槍為頭，整個人如箭一般飛射出去。苻生不避不躲，待沈璃攻到他身邊時，她驀地察覺一股強大的氣息往地上一壓，沈璃槍頭微偏，苻生忽然一側身，化手為爪，直取沈璃心臟。而沈璃背後卻似長了眼睛一般，銀槍往回一收，槍尾逕直撞在苻生手上，看似輕巧，然而銀槍觸碰到苻生的手掌，卻將他的皮膚烙得焦黑。

竟是不知從什麼時候起，沈璃在紅纓銀槍上施了火系法術，令整支銀槍熾熱無比。

被沈璃救下的小孩眼睛亮亮地望著沈璃，眸中盡是崇拜與敬仰，沈璃一揮手，小孩聰明地知道她的意思，立即貓著腰跑遠了。沈璃翻身一躍，握住槍身，落在苻生十步開外的地方，槍花一舞，她道：「這是還你的禮。」在天界被火燙傷，沈璃還記得清清楚楚。

苻生看著自己焦黑的手，倏地仰頭哈哈大笑：「有趣有趣，這才配做我的對手。」話音一落，沒有片刻停留，他身形驀地一動，動作竟是比方才快了十倍不止。苻生衝上前來，無刀無劍，只化指為爪，空手與沈璃戰了起來。

兩人身形交錯，時而化為風纏鬥於蒼穹之中，時而化為光轉瞬便消失了蹤跡。

瞬息之間，沈璃便與他過了不下百招，越是鬥沈璃心中越感奇怪，此人招數，竟與她自己的招數有幾分相似，但細細探來，細微處卻有不同。一樣撼天動地的招數，本該極為剛烈，可他使起來卻有幾分陰險詭譎，令人防不勝防。

「碧蒼王可有認真？」一招過罷，兩人在空中分站兩邊，他詭異一笑，「我倒覺得，妳的下屬比妳更用心一些。」

沈璃聞言，往下一看，三名將軍本只與三個魔人纏鬥，而此時，她陡然發現下方不遠處，方才被自己劃破脖子的那個魔人也加入了，以四對三，讓本就吃力的將軍們更是無力招架。此時有名將軍顯然是受了傷，後繼無力，情況危矣！

沈璃心頭一急，俯身而下，衝向那方。可苻生怎會放過她，隨即跟在後面，糾纏而上，沈璃大怒：「滾開！」

「恕難從命。」苻生手往前一伸，指甲猛長，他五指併攏，指甲如刀，攔在沈璃身前，「王爺乃是我的對手。」他說話之時，下面有魔人一拳擊中刀穆將軍的腹部，只見刀穆將軍吐出一口鮮血。沈璃心急而焦，眼眸深處紅光閃動，周身煞氣澎湃激蕩。

「我說，滾開！」她銀槍一揮，苻生舉手來擋，苻生的指甲比沈璃想像中的要堅硬，沈璃的槍也更出乎苻生所料，短兵相接，兩人皆被對方力道震開數米。沈璃毫不猶豫地繼續向將軍們那邊衝去，而苻生則看著自己的指甲，眸中光芒一動，再次追上前去。

沈璃一聲喝，以槍刃割掉了其中一個魔人的腦袋，破開一個缺口，護著三名將軍落在地上，紅纓銀槍扎入地面，紅色火焰凝成屏障，將她自己與三名將軍護在其中。「土遁，撤。我殿後。」

她命令方落，三名將軍還未開口，忽見火焰屏障驀地被撕出一個缺口，鋒利的五個指甲穿入屏障之中，五指一張，火焰屏障被破，沈璃一咬牙，眸中紅光更甚，銀槍去處，熱浪翻滾。她將追來的苻生逼退幾步，分心喊：「撤！」

沒有後顧之憂，她方能尋得逃脫之法。

三名將軍此時亦看明白了形勢，如今最難對付的不是那幾個魔人，而是這青袍青年。他們已經受傷，再拖下去，只會連累沈璃。三人相視一眼，土遁術咒語剛吟了個頭兒，一聲魔人的嘶吼驀地將咒語打斷，竟又有兩個魔人自樹叢之中奔出，逕直向三名將軍撞來。

刀穆已經受傷，另外兩名將軍為護他，往他身前一擋，擋住了前方的攻擊，可是卻沒有人注意到，最開始被沈璃割斷雙手刺破心臟的那個魔人，竟在地上苟延殘喘，那魔人此時爬到了刀穆腳下，一口咬住了他的小腿，刀穆咬牙忍住劇痛，高舉手中大刀，劈砍而下，逕直將魔人腦袋斬落。不想剛結果了一人，先前與他們在空中纏鬥的幾個魔人再次落下，合圍上來，前面兩名將軍回護不及，只聽刀穆一聲忍耐不住的慘叫，被那幾個魔人拽住四肢，鮮血飛濺，他們將刀穆分食入腹。

沈璃剛引開苻生，忽聽身後慘叫，餘光之中瞥見如此一幕，登時腦袋一空，連背上被苻生五指劃過也未曾有感覺。

原來……他們竟真會將人分食。

原來，她魔界的將軍們……是從這樣的修羅場裡殺出來的……

苻生瘋狂一笑：「此景可美？上一戰，我的愛寵們，可是如此好好飽餐了一頓呢！」

她那般重視的將領，那樣活生生的生命，與她一同守護這片土地的人……竟如此任人魚肉……

「混帳……」沈璃指尖泛白，將銀槍握得死緊，「混帳東西。」她垂下頭，說得咬牙切齒，她向著將軍的方向剛要邁步，苻生伸手再次攔住她。

「還未戰完，可不許妳救人……」

不等他將話說完，沈璃驀地抬頭，苻生微微一驚，他見一絲猩紅從沈璃眼底泛出，染紅了她一雙黑白分明的眼，然後聚積起鮮紅的液體，似血一般黏稠地從她眼角滑下，滑過臉頰，蜿蜒出一道詭異的痕跡，沒入土地。霎時之間，沈璃周身氣流暴動，宛如颶風旋起，席捲天地萬物，沈璃頭上束髮的金色髮箍為之破裂，黑髮飄散，在強烈的氣流之中，那一頭黑髮如同自髮根處被灌入岩漿一般，慢慢變得通紅。

沈璃只覺腹中有一股極為滾燙的氣息在湧動，慢慢燒灼她的血液，燒乾她腦海中的理智。

紅纓銀槍升騰起白色霧氣，隨著氣流在沈璃周身繚繞，忽然之間，氣流驟止，不過眨眼之間，沈璃已消失在原地，逕直殺入魔人聚集的地方。她沒有用槍，一掌拍在其中一個魔人頭頂，那人腦袋霎時燃起了大火，只聽淒厲號叫刺人耳膜，沈璃卻似什麼也沒有聽到一樣，轉身又是一掌，打在另一個魔人胸口之上，烈焰就在他胸中燒起。

不過三兩招的時間，她觸碰了在場所有的魔人，他們無一例外地燒了起來。最後，待魔人盡數燃成灰燼，沈璃一揮手掌，竟對著一名將軍拍去，然而攜著灼熱溫度的掌心卻停在了將軍心口前三寸，沒有碰上。

沈璃微微一躬身，有些混亂地甩了甩腦袋，像在極力找回理智，最後她頭一轉，猩紅的雙眼瞪向苻生。轉瞬之間，她身影便落在苻生跟前：「你該死！」她一字一句，說得極為艱難，話音一落，她揮手便向苻生打去。

苻生伸手一擋，只覺堅硬如鐵的指甲登時一軟，沈璃的手毫不受阻地拍在他臉頰上，這一掌摑得極為響亮，苻生連連退了數丈遠，他立即施了凝冰術，捂著自己被沈璃打到的臉頰。冰與火在他臉頰上相互碰撞，疼痛並未讓苻生表現得多痛苦，只是令他的目光更為森冷。

「不愧是……鳳凰。」

他語調陰晴難辨，不等他將自己臉上的傷勢調理好，沈璃再次攻上前來。散發著刺目光芒的銀槍攜著雷霆萬鈞之勢襲來，銳不可當，苻生一哂舌，一路被壓制逼退。好不容易找到一個空隙，他駕了雲，轉身逃走。

沈璃追殺而去。

一名將軍在地上大喊：「王上！窮寇莫追！恐中奸計！」

沈璃哪兒還聽得見他的話，追著苻生的身影，和他一前一後消失在了空中。

一路奔至人界，沈璃忽覺周圍水氣重了許多，她分心一看，苻生竟是逃到了海上。

趁著沈璃分心的時機，苻生一個信號發上天際。不消片刻，數名黑衣人驀地出現在他身側。

沈璃一回頭，紅纓銀槍當空一掃，滾滾火焰衝著那幾名黑衣人而去。有兩人未來得及反應，當場被燒為灰燼。另外幾人迅速躲開，分立四方，他們極為配合地吟誦出咒語。

空氣中的水氣狀態變得冰冷，化為極小的冰碴，往沈璃周身貼來，似要將她包裹在裡面。沈璃嘴角忽然咧出一個莫名的弧度，她腹中熱度更甚，熱氣在身體裡運轉了一周天，讓她皮膚上冒出了一簇一簇的火焰。

熱浪滾滾，燒乾了所有水氣。

眾黑衣人大驚，微帶慌亂地望向苻生：「大人，止水術對她毫無作用！」

止水術……

這三個略帶熟悉的字刺痛沈璃的耳膜，一道白色的身影慢慢浮現在她越發混沌的腦海，她好似聽見他在輕嘆：「妳又將自己弄得如此狼狽。」

這些傢伙怎麼會止水術……那明明是神的法術。

沈璃微微愣神，苻生看出她的分心，忽然一聲大喝：「將魔人盡數喚來！」

一聲令下，黑衣人手中拿出一個奇怪的樂器，不過吹了兩三聲，遠處便有嘶吼聲傳來與之相和。苻生一揮手，將一道海浪盡數化為冰箭，鋒利地向沈璃刺來。

殺氣迫近，猛然讓沈璃回過神來。她不躲不閃，周身火焰熊熊而起，瞬間將冰箭盡數燃盡，連苻生也沒來得及看見她的動作，他只覺下頷一熱，沈璃已經拽住了他的衣襟。「說，爾等宵小，如何學會止水術的？」

苻生一笑：「王爺對那個神明的事好似極為關心啊。」

沈璃冷冷盯著他，手放在他的心臟處，只要稍一用力，她便能將他心臟整個燒掉。

電光石火之間，一道霹靂從天而下，逼得沈璃不得不扔了苻生，退開數丈。再一回頭，那邊立了一個黑衣黑髮的青年，他的面容，沈璃再熟悉不過。

「墨……方……」

與鳳行

第十七章

三界之大，尋妳不見

墨方望了沈璃許久，最後眼瞼微垂，側頭看向身後的苻生，聲音輕而冰冷：「誰允你做此事？」

「屬下有罪。」苻生毫無認罪之意，「只是碧蒼王身懷之物乃是我們必須索取的東西，屬下不能不取，隱瞞少主，是害怕少主耽於往昔，恐少主心懷不必要的仁慈。不如先由屬下將其除掉，滅了這後顧之憂。」

「誰允你做此事？」墨方聲音一厲，眉宇間是從未在沈璃面前流露過的威嚴。

苻生一默，頷首道：「是屬下自作主張。」他看似服軟，然而眼底深處卻有幾分不以為然：「可今日，碧蒼王必須得死……」

「走。」墨方只淡淡說了一個字。

苻生抬頭不滿地望向墨方，又一次重複道：「今日碧蒼王必須得死。」

墨方輕輕閉眼，似在極力忍耐：「我說，走。這是命令。」

「如此。」苻生稍稍往後退開一段距離，「請少主恕屬下抗命之罪。」

墨方動怒，氣息方動，忽聞沈璃微帶怔愣的聲音：「少主？」

他拳頭不由得握緊，轉頭看向沈璃。她雙眼赤紅，尋常束得規規矩矩的髮絲此時已經散亂得沒了形狀，為她平添了幾分狼狽。她髮根處泛紅，紅色還在緩緩蔓延，墨方脣角一動，一聲「王上」不由自主地喚出口來。

「少主……」沈璃只怔怔地看著他，似一時不能理解這樣的稱呼。她猩紅的眼在兩人之間打量了一番，又環視了一圈從四面八方包圍而來的魔人，她腦海之中零亂地閃過許多片段，殘破的衣冠與劍，不見屍首，熟悉魔界的軍中奸細……

「原來……是你啊。」她恍然了悟。

墨方眉目微垂，沒有答話。

沈璃靜靜立在空中，說話的聲音似極為無力：「細思過往，我猶記得是我在王都將你點兵為將，三百年相識，我與你同去戰場十餘次，更有過生死相護的情誼，我予你信任，視你為兄弟……」沈璃聲音一頓，氣息稍動，語調漸升，「沈璃自問待你不薄，魔君待你不薄，魔界更不曾害過你什麼，你如今卻殺我百姓，戮我將領，害我君王！做這叛主叛軍叛國之將！」她舉槍，直指墨方。「你說，你該不該殺。」

墨方沉默不言。反倒是他身後的苻生哈哈大笑起來：「若不曾參過軍，何來叛軍，若不曾入過國，談何叛國！」苻生揚聲道：「我少主何等金貴，若不是情勢所逼，怎會屈尊受辱潛於現今魔界！若要論叛主叛軍叛國，妳現在效忠的這個魔君才真真是個大叛徒！竊國之賊！」

「閉嘴。」墨方一聲喝，抬頭望向沈璃，「王上，欺瞞於妳皆是我的過錯，我知我罪孽深重，已無可饒恕……」

「你既認罪，還有何資格叫我王上。」沈璃聲音極低，手中紅纓銀槍握得死緊。

苻生一聲冷笑：「少主切莫妄自菲薄，你何罪之有？錯的，是這些不長眼睛的愚忠之人。」苻生一頓，抱拳懇請墨方，「少主，我們大費周章攻入魔都是為了鳳火珠，如今屬下已經確定鳳火珠便在沈璃身上。這天上天下唯有此一珠，若不奪來此珠，百年謀劃恐怕付諸流水，還望少主莫要感情用事，大局要緊。」

墨方拳頭握得死緊，又一次極其艱難地吐出一個「走」字。

苻生面色森冷，好似下定了什麼決心一般，不再開口規勸，只悄悄往一旁使了個眼色。一名黑衣人看見，點了點頭，剛要動身，忽覺胸腔一熱，竟不知是什麼時候，沈璃那桿炙熱的銀槍已穿胸而過。

沈璃手一揮，紅纓銀槍帶著黑衣人的屍首飛回她身邊，彈指之間，穿在銀槍上的黑衣人被烈焰一焚，登時化為灰燼。沈璃眼中鮮紅更甚，幾乎要吞噬她尚清明的黑色瞳孔。

「想從本王這裡搶東西，先把命放下。」

苻生眉頭一蹙，一揮手，大聲下令：「上！」墨方還欲開口，苻生狠狠捏住他的手腕，語氣詭譎陰森：「少主心中可有大局？」墨方一怔，這一耽擱，眾魔人皆收到命令，一湧而上。

沈璃此時雖比平日勇猛十倍，但對上如此多的魔人，依舊討不到好。這些魔人是真正的亡命之徒，只要主人一聲令下，即便是粉身碎骨，他們也毫不猶豫地要完成他的指令。

沈璃周身雖有極烈的火焰燃燒，但那些魔人竟不顧被焚燒的痛苦，以身為盾，四個魔人分別抱住沈璃的四肢，令她動彈不得。沈璃燒了四個，又來四個。車輪戰極為消耗她的法力，漸漸地，她有些體力不支，一個不留神，竟被魔人們拽著往海裡沉去。

苻生見此時機，手中結印，咒文呢喃出口，手往下一指，白霧驟降，覆蓋於水面。在沈璃沉下去之後，海水立即凝結成冰，他竟也不管那些與沈璃一同沉下去的魔人死活。

看著漸漸結為堅冰的海水，墨方拳頭握得死緊。苻生瞥了墨方一眼：「待冰中沒有了沈璃的氣息，我取出她身體中的鳳火珠後，這具屍體便留給少主做個紀念吧。」

墨方沉默了許久，像是下了極大的決心一般，聲音凝重：「放了她。」

「恕難從命。只差一點我們便可成功，此時我如何能放棄。」

「若我非要你放人呢。」他不是在詢問，而是在威脅。

苻生靜靜看了墨方許久：「那便從屬下的屍體上踏過去吧。」

話音未落，忽聽冰面有「咔嚓」開裂的聲音，苻生一驚，轉頭一望：「不可能……」未等他反應過來，一道熱浪破冰而出，紅纓銀槍攜著破竹之勢直直向苻生的胸膛刺去，槍尖沒有半分猶豫，逕直穿透他的胸膛。沈璃雙目比血更紅，一頭黑髮已盡數變得赤紅，她便像人界壁畫裡的那些惡鬼修羅，只為索命而來。

「本王今日便要踏爛你的屍體。」言罷，沈璃逕直拔出銀槍，染血的銀槍煞氣更重，極熱的溫度令一旁的墨方也深感不適。沈璃沒給苻生半分喘息的機會，槍頭橫掃而過，直取他的首級。

墨方見此情形，不得不出手從側面將沈璃一攔。便是這瞬息時間，讓苻生得了空隙，踉蹌逃至一邊，黑衣人忙擁上前將他扶住。

放跑了苻生，沈璃轉頭看向墨方，未等他開口，一掌擊在他胸口之上，烈火自他心口燃起，燒灼心肺。墨方忙凝訣靜心，粗略壓制住火焰升騰之勢，剛歇了一口氣，恍見沈璃已又攻到身前。

「你也該為魔界眾將領償命！」

墨方往後一躲，脣角苦澀地一動：「若能死了倒也罷了……」

沈璃此時哪兒還聽得進去他的話，只縱槍刺去。墨方只守不攻，連連避讓，轉眼間已引著沈璃退了好遠。

苻生掌心有黑色的氣息湧出，他按著傷口，目光冰冷地望著正在交戰的兩人，陰沉著嗓音道：「少主欲引沈璃離開，今次絕不能放沈璃逃走，你們攔住少主後路，你們著魔人引住沈璃。待我稍做休整，便取她性命。」

苻生吩咐完畢，黑衣人領命而去，苻生側身召來一個魔人，隻手落在他心口處。「好孩子，不到如此地步，我也不會這樣對你，便當你為主人盡了大忠吧。」語音剛落，魔人雙眼暴突，一聲悶哼，他僵硬地轉頭，看見苻生五指化爪，逕直掏出他的心臟，將他的身體一推，魔人便如同廢棄的玩具一樣，墜入大海，在滄浪之中沒了蹤跡。

苻生將心臟化為一道血光，融入身體之中，不一會兒，苻生向天長舒一口氣，好似暢快極了，而他胸口被沈璃捅出來的傷口竟以肉眼可見的速度在慢慢癒合。

黑氣自他胸口的傷口中湧出，待傷口盡數癒合，黑氣沿著他的胸膛向上，轉過頸項，爬上臉頰，最後鑽到他的雙眼之中。只見他的眼白霎時被染作漆黑，像是某種動物的眼睛一樣，寒意森森，直勾勾地盯著沈璃。

此時的沈璃腹中灼熱，燒得她自己都覺得疼痛，然而便是這股疼痛，讓她的身體源源不斷地湧出巨大的力量，彷彿能燒灼山河。她越戰越是不知自己為何而戰，所有的理智被一個滾燙的「殺」字漸漸侵蝕。

身後有人襲來，不過沒關係，沈璃知道，現在的自己即便受了再重的傷依舊能繼續戰鬥，她不管不顧地繼續攻擊墨方，招招皆致命。

墨方與沈璃糾纏本已經吃力，但見她身後有魔人襲來，他心底一驚，又見沈璃根本沒有躲避之心，心頭一急，下意識地想為沈璃去擋。然而便是他分神的這一瞬，沈璃的紅纓銀槍毫不留情地直刺他的咽喉，他慌忙一避，仍舊被槍刃擦破頸項，鮮血湧出，斑斑血跡之間，墨方愣愣地盯著沈璃……

她是真的要殺他，沒有一絲猶豫。

是啊，於沈璃而言，他做出那般令人痛恨之事，怎能不殺。

可是，到了這種時候，墨方才發現，槍刃實在太過冰冷，他竟有些接受不了……

沈璃身後的魔人一擊落下，沈璃頭也沒回，周身熱浪澎湃而出，逕直將那魔人推開數丈遠，墨方也無例外地被推開。沈璃一閃身便又殺至墨方跟前，又一槍扎下，是對著他心口的地方。墨方一咬牙，手中紫光一現，一柄長劍攜著雷霆之光握於他掌中。

「叮」的一聲脆響，他堪堪擋下沈璃那一擊。

若是凡器只怕早已損毀，而這紫劍卻無半分損傷，反而光華更盛。沈璃此時哪管對方使出什麼法器，只一縱槍，對墨方照頭劈來。墨方橫劍一擋，兩股巨大的力量撞擊在一起，致使氣流翻滾，如波浪一般激蕩開來。

「咔」一聲清脆的細響，沈璃那桿紅纓銀槍與紫劍交接處竟裂開了一道口子，沈璃猩紅的眼微微一動，只覺手中銀槍重量大減，煞氣頓消。不過一瞬，這陪伴了她數百年的兵器「啪」地折成了兩段。

斬斷銀槍，紫劍來勢不減，險險停在沈璃的頸項處。

墨方沒時間道歉，只道：「王上，東南方沒有人看守。」

沈璃只愣愣地垂下手，兩段破損的銀槍沉入海底，她抬頭看向墨方：「時至今日，你讓我如何信你。」

墨方牙關一咬：「既不信我，那便恕墨方不敬之罪。」

他不管沈璃皮膚上有多少灼人的火焰，逕直將她的手腕一拽，竟是一副要帶著她逃的姿態。沈璃被他握得一怔，只這一個空檔，她忽覺後背一涼，低頭一看，自己胸前竟穿出了五根手指。

墨方愕然回頭，但見沈璃身後的苻生，瞳孔緊縮。

沈璃口中湧出鮮血，她的胸口不痛，痛的是腹中越發不可收拾的燙人溫度。

苻生在她身後大怒道：「鳳火珠在哪兒！快給我！否則我這就撕開妳的胸膛！」他欲抽手，沈璃卻驀地一把將他利刃一樣的指甲拽住。

「我說了……」她輕輕閉上猩紅的眼，「要搶本王的東西，先把命放下。」

她不再壓制腹中灼熱，任由它隨著血液四處散開，燒灼四肢百骸，她能感到血液在寸寸蒸發，也知道自己將被身體中的火慢慢燒死。可是……

聽著身後苻生厲聲慘叫：「不可能！不可能！止水術為何不管用！止水術……啊！大計未成！如何甘心！」不遠處所有的魔人淒厲嘶吼，那些黑衣人也無法倖免。

沈璃脣角微勾，她不知這些人的目的，也不知他與墨方在謀劃什麼。可是兩名主謀在此，他手下的那些魔人只怕也是傾巢出動。就此殺了他們，不管他們再有什麼陰謀也施展不出來了。除了眼前這大患，不管是對魔界、魔族，還是魔君，甚至……甚至是天界，也是好的吧。

火燒入心，沈璃不由得蜷起身子，身後的苻生已經沒了聲音，墨方的氣息也感覺不到了，她終是忍不住發出一聲疼痛的悶哼：「好……痛啊……」

直到現在，她方敢流露出一絲軟弱，只是這天地間，再無人知曉了。

碧蒼王沈璃，會以一個英勇赴死的形象留在世間吧。

沒人知道在生命最後的時刻，她還是和一般女子一樣……害怕，一樣忍不住地想念……

無數灰燼灑落入海中，被翻滾的海浪一波一波地推散開。海風一揚，好似被吹入雲端，空氣中僅剩的那些氣息不知飄去了何處。

九重天上，天外天，白色的毛團在寬大的白衣長袍邊上打了個滾，黑白棋子間，行止在與自己對弈。沉思的片刻，他拿起茶杯，剛欲飲茶，忽覺一股清風拂面，他不經意地抬眸，奇怪呢喃：「今日天外天竟起風了。」

他放下茶杯，只聽「啪」的一聲，茶杯自底部碎裂，漏了他滿棋盤的茶水，淌了一片狼藉。

「此次偷襲魔界與天界之人，已被我魔界碧蒼王剿滅。」來自魔界的使者一身素袍，俯首於地，向天君稟報，「魔君特意著卑職來報，望天君心安。」

天君點頭：「甚好甚好，沒想到碧蒼王有這麼大的本事，敢問碧蒼王何在？她此次剿匪有功，朕欲好好嘉賞她一番。」

「謝天君厚意，不過……不用了。」魔界使者貼於地上的手，握緊成拳，他沉默許久，終是控制住了情緒，公事公辦地道：「王爺已經戰死。」

天君愣了一瞬，還未來得及反應，忽聽「吱呀」一聲，竟是有人不經稟報便推開了天界議事殿的大門。逆光之中，一襲白袍的人站在門口，屋裡的人看不清他臉上的表情，只見他在那兒站了許久，似乎在走神，又似乎在發呆。但待他邁步跨入屋中，神色卻又與往日沒有半分不同。

「神君怎麼來了？」天君起身相迎。行止卻像沒有聽見他的話一樣，只是盯著魔界使者問：「你方才，說的是何人？」

使者看見他，規規矩矩地行了個禮，道：「回神君，魔界碧蒼王沈璃，已於昨日在東海戰死。」

行止沉默了許久，隨即搖了搖頭：「荒謬，如此消息，未經核實怎能上報。」

此言一出，不只使者一愣，連天君也呆了呆，兩界通信，若未核實絕不可上報，行止怎麼會不知道這種事。使者叩首於地：「若不屬實，卑職願受五雷轟頂之刑……」

行止神色一冷：「別在神明面前立誓，會應驗。」

使者拳頭握得死緊，關節泛白，聲音掩飾不住地喑啞：「神君不知，卑職更希望受這轟頂之刑。」屋中一時靜極，幾乎能聽到極輕的呼吸聲，唯獨行止沒有傳出哪怕一星半點的聲響，便如心跳也靜止了一般。

「屍首呢？」他開口，終究是信了這個消息。

「王爺在東海之上與敵人同歸於盡，屍首消失於東海之際，無法尋回，當時趕去的將軍，唯獨尋回了兩段斷槍。」

行止一默：「在東海……何處？」

「滄海茫茫，尋得斷槍的將軍回來之後，便再無法找到當時方位……」

使者似有感觸，「無人知曉，王爺如今身在何方。」

心中不知是什麼劃過，疼痛得似有血將溢出，然而卻被無形的力量狠狠揪住傷口，粗暴地止住了血液。

行止面色如常，像什麼情緒也沒有一般，對天君道：「昨日我於天外天察覺一絲氣流異動，似是人界有事發生。今日聽聞碧蒼王在人界戰亡，想必其生前必有激鬥，碧蒼王力量強大，其餘威恐對人界有所危害，我欲下界一探，不知天君意下如何？」

行止如此說，天君哪兒還有拒絕的餘地，他點了點頭：「如此也好，可要朕替神君再尋幾個幫手？」

「不用，他們會礙事。」

往日行止雖也會說讓天君尷尬的言語，但卻不會如此直白。天君咳了兩聲：「如此，神君身繫天下，還望多保重自己。」

行止要轉身出門，魔界使者卻喚住他：「神君且慢。當時在場的將軍說，他曾聽見敵人口中呼喚，使用的是止水術。而據卑職所知，這天上天下，唯有行止神君懂此術。卑職並非懷疑神君，只是……」

「止水術？」行止側頭掃了魔界使者一眼，「他們使的必定算不上止水術。」言罷，他沒有更多的解釋，轉身離開。

去人界的路上，行止心想，即便是前不久，他還在琢磨，沈璃這樣或許會成為麻煩的存在，不如消失。可卻不承想，她竟真的會如此輕易地消失；更不承想，她的消失，令他如此心空和茫然。

祥雲駕於腳底，不過轉瞬間便行至人界。

天君說得沒錯，他貴為神明，身繫天下，此一生早已不屬於他自己，他該護三界蒼生，該以大局為重，他有那麼多的「不行」「不能」「不可以」……

海上雲正低，風起浪湧，正是暴雨將至之時。行止立於東海之上，靜看下方翻天巨浪，細聽頭頂雷聲轟鳴，而世界於他而言卻那般寂靜。

「沈璃。」他一聲輕喚，吐出這個名字，心頭被握緊的傷口像被忽然撕開一樣，灌進了刺骨的寒風。他舉目四望，欲尋一人身影，可茫茫天際浩浩滄海，哪裡尋得到。

霹靂劃過，霎時暴雨傾盆，天與海之間唯有行止白衣長立，電閃雷鳴，穿過行止的身體，神明之身何懼區區雷擊。然而他卻在這瞬間的光影轉換之中，在那振聾發聵的雷聲之後，恍然看見一個人影在巨浪中掙扎，她伸出手，痛苦地向他求救：「行……呃……行止……」

巨浪埋過她的頭頂。行止瞳孔一縮，什麼也沒想，幾乎是本能地就衝了下去，他伸手一撈，只捉住了一把從指縫中流走的海水……

是幻覺啊……

巨浪自行止身後撲來，他只愣愣地看著自己空無一物的掌心，呆怔著被大浪埋過。

在海浪之中，他聽不見雷聲，但每一道閃電都像一把割裂時空的利刃，將那些與沈璃有關的記憶從他腦海裡血淋淋地剖出，那些或喜或怒的畫面，此時都成了折磨他的刀，一遍又一遍，在他心上劃下無數口子，淌出鮮血。任憑他如何慌亂地想將它們全部握緊，捂死，還是有血從犄角旮旯裡流出，然後像昨天碎掉的那個茶杯，淌得他心上一片狼藉，讓人不知所措，無從收拾。

「沈璃，沈璃……當真有本事。」

他恍然記起不久之前，沈璃還在調侃他，說自從遇見他之後，她便重傷不斷，遲早有一天，會被他害得丟掉性命。他是怎麼回答的？他好似說……要賠她一條命。

沈璃這是要讓他兌現承諾啊。

行止脣角倏地勾出一抹輕笑。海浪過後，行止渾身溼透，他一抬手臂，指尖輕觸剛撲過他的海浪，白光一閃，天空之中雷雲驟然又低了許多，氣溫更低。行止微啟脣，隨著他輕聲呢喃出一個「擴」字，海天之間宛如被一道極寒的光掃過，不過片刻，千里之外的海已凝成了冰塊。

行止立在波浪起伏的海面上，只是此時他腳下踏著的卻是堅硬如青石板地的冰面。

海浪依舊是海浪的形狀，可卻不再流動，天空中的雷雲四散，那些雨點皆化為冰粒，劈里啪啦地落了下來，滾得到處都是。

海天之間再無聲響，一切都歸於寂然一般。

行止在冰上靜靜走著，每一步落下便是一道金光閃過，蕩開數丈遠。他像是在尋找著什麼東西，只專注於腳下。

行止心想，沈璃便是化為灰燼，他也要在這大海之中，將她的灰，全找回來。

他一步一步向前走著，不辨時辰，不辨日夜，每一步皆踏得專心，而東海像沒有盡頭一樣，無論他走了多久，前面也只是被他封成冰的海，別的……什麼也沒有。

「神君。」

前方一人擋住了他的去路，行止抬頭看她：「何事？」

幽蘭在冰面上靜靜跪下：「望神君體諒蒼生疾苦，東海已冰封十天十夜，東海生靈苦不堪言，神君……」幽蘭見行止雙目因久未休息而赤紅，他唇色慘白，幽蘭垂下眼瞼，輕聲道：「神君節哀。」

這話原不該對神明說。神明不能動情，本是無哀之人，既然無哀，又何談節哀。

行止看著遠處無際的海面，倏地一笑：「很明顯嗎？」

幽蘭垂首，不敢答話。

行止又向前走了兩步。「從前，我從未覺得三界有多大，以神明之身，不管去何處皆是瞬息之間，然而今時今日方知曉，三界之大，我連一個東海也無法尋完。」他一笑，「尋不到……也是天意吧。」

言罷，他手一揮，止水術撤，天地間氣息大變，海面上的冰慢慢消融。

隨著術法撤去，行止只覺胸中一痛，冰封東海終是逆了天道，他這是正在被天道之力反噬呢……

喉頭一甜，一口鮮血湧出，幽蘭見之大驚，忙上前來將行止扶住。

「神君可還好？」

行止搖了搖頭，想說「無妨」，但一開口，又是一口熱血噴出，落在還未來得及消融的冰面上。行止咧嘴一笑，伸手抹去嘴邊血跡，此生怎會想到，他竟還有如此狼狽之時，如此狼狽！

原來，被天道之力反噬竟是如此滋味。先前那般躲，那般避，終究還是躲避不過，若能早知今日，他當初便該對沈璃更好一點，更好一點，至少，護得她不要受那些重傷……

他當然……是喜歡她的啊。

只可惜，他再也說不出，沈璃也再不能聽到了。

與鳳行
中卷

作　　者／九鷺非香
執 行 長／陳君平
榮譽發行人／黃鎮隆
協　　理／洪琇菁
總 編 輯／呂尚燁
執行編輯／丁玉霈
美術監製／沙雲佩
美術編輯／方品舒
國際版權／黃令歡、梁名儀
企劃宣傳／陳品萱
內文校對／施亞蒨
內文排版／謝青秀

國家圖書館出版品預行編目資料

與鳳行 / 九鷺非香作 . -- 一版 . -- 臺北市 : 城邦文化事業股份有限公司尖端出版 : 英屬蓋曼群島商家庭傳媒股份有限公司城邦分公司尖端出版發行 , 2023.08
冊； 公分
ISBN 978-626-356-907-2 (中冊 : 平裝)

857.7　　112009375

出版／城邦文化事業股份有限公司　尖端出版
台北市 104 中山區民生東路二段 141 號 10 樓
電話：（02）2500-7600　傳真：（02）2500-2683
讀者服務信箱：7novels@mail2.spp.com.tw
發行／英屬蓋曼群島商家庭傳媒股份有限公司城邦分公司　尖端出版
台北市 104 中山區民生東路二段 141 號 10 樓
電話：（02）2500-7600　傳真：（02）2500-1979
劃撥專線：（03）312-4212
戶名：英屬蓋曼群島商家庭傳媒（股）公司城邦分公司
劃撥帳號：50003021
※ 劃撥金額未滿 500 元，請加付掛號郵資 50 元
法律顧問／王子文律師　元禾法律事務所　台北市羅斯福路三段 37 號 15 樓

台灣地區總經銷／中彰投以北（含宜花東）　楨彥有限公司
電話：（02）8919-3369　　傳真：（02）8914-5524
雲嘉以南　威信圖書有限公司
（嘉義公司）電話：（05）233-3852　　傳真：（05）233-3863
（高雄公司）電話：（07）373-0079　　傳真：（07）373-0087
馬新地區總經銷／城邦（馬新）出版集團 Cite（M）Sdn Bhd
電話：603-9057-8822　　傳真：603-9057-6622
E-mail：cite@cite.com.my
香港地區總經銷／城邦（香港）出版集團 Cite（H.K.）Publishing Group Limited
電話：852-2508-6231　　傳真：852-2578-9337
E-mail：hkcite@biznetvigator.com

版　次／ 2023 年 8 月 1 版 1 刷